Mamma låt mig leva

Ansvarig utgivare: Monica Ivesköld
Omslag: Monica Ivesköld

Förlag: BoD · Books on Demand, Östermalmstorg 1,
114 42 Stockholm, bod@bod.se
Tryck: Libri Plureos GmbH, Friedensallee 273,
22763 Hamburg, Tyskland
ISBN: 978-91-8080-945-0

Mamma låt mig leva

Monica Ivesköld

Mia

Mia satte handen för munnen. Nej, nej, det fick inte vara sant. Inte igen. Världen gungade och med en djup suck rusade hon in på närmaste toalett.

Hjärtat bankade, andetagen var ytliga och panikartade. Hon ryckte upp locket på toaletten och sjönk ihop, flämtande. När hon kikade i trosorna, kom tårarna. Blodet var en brutal bekräftelse, en förbannelse hon inte längre orkade bära. Ännu ett missfall. En dröm som dog innan den fått en chans att bli verklighet.

Hon pressade handflatorna mot magen som för att hålla kvar det lilla liv som rann ur henne. Hennes kropp svek henne, gång på gång. Varför fick hon inte uppleva den moderskänsla som hon längtade efter mer än något annat?

Till sist tvingade hon sig upp på ostadiga ben. Varje rörelse sved. Med en dov smärta i magen staplade hon fram till tvättfatet och mötte sin spegelbild. En blek, urgröpt version av sig själv stirrade tillbaka. Mascaran hade runnit i svarta ränder längs kinderna, ögonen var rödsprängda och svullna. Hon såg ut som ett vrak och kände sig likaså.

Illamåendet sköljde över henne, en kväljande våg av trötthet och hopplöshet. Hon borde gå tillbaka till jobbet, sätta upp den smärtsamt bekanta fasaden. Men tanken på att le, låtsas vara stark, var outhärdlig.

Kunde hon sjukskriva sig igen? Skulle någon genomskåda henne?

Henrietta

Henrietta satt på restaurang Mosaik i Malmö och väntade otåligt på att Mia skulle dyka upp. Hon var en ung släkting till Henrietta och Mia stod henne nära. Mia hade det kämpigt och Henrietta väntade spänt på vad Mia skulle berätta för henne idag. Med en rysning hoppades Henrietta att allt skulle vara bra med Mia.

På bordet framför Henrietta stod ett glas vitt vin. Hon hade tagit bussen in till staden och Mosaik, en av hennes favoritrestauranger. De serverade små portioner mat, vansinnigt goda tapas. Älsklingsrätten bestod av spanska räkor. Visserligen var det inte den typ av räkor som hon fick i Spanien, kokta i olja med vitlök och chili. Men Mosaiks räkor var ljuvliga och hon längtade efter att få stoppa dem i munnen.

Henrietta tittade sig omkring i restaurangen med den mörka inredningen. Människor konverserade omkring henne. Problemet var den dåliga akustiken; hon kunde inte höra ett tydligt ord. Glada ansikten och leenden dominerade rummet. Henrietta fascinerades av människors kroppsspråk och hur de samspelade med varandra, något som hon lärt sig kallades för ”rapport utan R” på fackspråk inom NLP. Henrietta hade coachcertifikat i Neuro Lingvistisk Programmering, det vill säga ett system av beteende- och kommunikationsstrategier.

På restaurangen satt unga och gamla sida vid sida. Många verkade ha kommit direkt från jobbet. Klädseln var varierad, men mest jeans och skjortor snarare än något extremt uppklätt. Hon noterade att det var övervägande majoritet av kvinnor. Kyparna sprang omkring snabbt och effektivt utan att verka stressade. Rätterna var konstnärligt presenterande som små skapelser, värda en medalj. De flesta beställde flera olika rätter och delade generöst med varandra. Magiska dofter fyllde luften och hennes mage kurrade högt.

Mosaik, fördelat på två våningar, låg centralt vid Stortorget i Malmö. Sommartid fanns det utomhusservering. Som koncept erbjöd restaurangen framför allt tapas från Medelhavet, med idén att kunden skulle få möjlighet att upptäcka nya smaker.

Henrietta log för sig själv och sippade på det krispiga Chardonnay-vinet. Sedan tittade hon med rynkad panna, på armbandsuret. Mia brukade inte vara sen. Idag var ett undantag. Henriettas hoppade till när mobilen ringde.

— Jag är på gång, men bussen är sen, sa Mia stressigt i luren.

— Helt okej, jag väntar ivrigt på dig. Jag är superhungrig och det ska bli kul att ses.

— Vi ses snart!

Henrietta fortsatte iaktta medgästernas kroppsspråk och gester. Vid ett bord strax intill satt ett sällskap yngre tjejer. De hade redan druckit en del vin, vilket märktes på deras rödblommiga ansikten, höga ljudnivå och skratten som avlöste varandra.

***

Äntligen kom Mia. Hon såg trött och sliten ut, konstaterade Henrietta och suckade diskret. Normalt hade Mia en hållning som en balettdansös, men idag var den hopsjunken och hon var glåmig i ansiktet med stora svarta ringar under ögonen. Något var på tok. Hennes blonda halvlånga hår hängde livlöst ner längs axlarna.

— Är allt som det ska? viskade Henrietta när de kramades.

— Nej, jag har fått mens - igen.

— Aha, det förklarar ju en del ...

— Nej, Henrietta, det gör det inte. Men jag ska berätta. Låt oss beställa maten först.

De kom överens om att beställa in flera olika rätter och dela dem. Henrietta föreslog Gambas Al Ajillo, räkor i vitlök. Mia valde Alcachofas, vitlöksmarinerad kronärtskocka med skinka. Nytt för restaurangen var att de hade flera länders rätter på menyn; tidigare hade de bara haft spanska rätter. Henrietta och Mia bestämde sig också för en fransk biff bourguignonne samt gratinerade crêpes fyllda med olika ostar som avslutning. Till detta valde de ett glas vitt vin till räkrätten och ett glas rött till köttet och osten.

— Berätta nu, uppmanade Henrietta när kyparen tagit beställningen och ilat vidare.

— Ja, jag vet knappt var jag ska börja. Du har kanske förstått att vi länge försökt bli med barn. Jag längtar så men det verkar hopplöst. Jag får missfall på missfall och är trött och håglös. Det tär på vårt äktenskap, vill jag lova. Lusten har omvandlats till måsten, styrda av termometern och ägglossningen.

Henrietta lyssnade och nickade. Hon såg att Mia inte hade långt från tårarna. Att dela detta var uppenbart smärtsamt för henne, men också förlösande på något sätt. Henrietta insåg att det inte var varje dag man diskuterade sådant här med någon annan person.

— Usch, det låter så tråkigt och tungt för er. Vad är nästa steg? sa Henrietta.

Mia tog ett djupt andetag innan hon svarade.

— Vi har genomgått en hel del tester angående vår fertilitet. Jag har kollat mina hormonnivåer och fått mina äggledare och livmoder undersökta, och nu ska de testa Stefans spermier. Enligt läkarna brukar en tredjedel av fallen vara problem hos kvinnan och tjugo procent hos mannen. Det är bra att ingen av oss röker, i alla fall. Vi har kämpat med det här i flera år utan resultat, ska du veta, fortsatte hon och suckade högljutt. Min högsta önskan är att få ett barn, och vi är redo att göra allt som krävs för att få vår lilla bebis. Men nu pratar vi om något annat, avslutade Mia med ytterligare en tung suck och drog handen över ansiktet.

— Okej, tack för ditt förtroende. Hur går det på jobbet? Du har fått en ny tjänst på banken, förstår jag.

— Ja där är det både kul och utmanande. Men jobbet sliter också. Det är mycket att lära och ta in. Trots att jag har en gedigen ekonomisk utbildning bakom mig får jag ytterligare internutbildning. Hur har du det på ditt jobb? Hade ni firmafest häromkvällen?

— Ja, jag var skeptisk i början till festen eftersom jag inte trivs med mina arbetskamrater. Men det blev över förväntan. Jag ska berätta mer om detta nästa gång. Nu fokuserar vi på dig, kära Mia.

Mia nickade sorgset. Hon var inte riktigt närvarande, insåg Henrietta som gjorde sitt bästa för att åter väcka Mias intresse.

— Jag ska åka i väg på en Qigong-utbildning för att uppdatera mitt certifikat som handledare. Det ska bli himla skönt. Jag behöver rensa både hjärna, hjärta och kropp. Efter fyra dagar kommer jag att vara som ny. Du borde följa med mig. Jag har hört att det kan göra underverk för behovet att bli med barn.

Mia vaknade till och skrattade.

— Ja kanske det ... Det hade varit kanon, men jag kan inte ta ledigt nu med nya jobbet. Då blir det fel signaler, misstänker jag.

— Jag håller tummen för allt, både jobbet och det andra, sa Henrietta och log mot Mia.

Kvällen blev trots Mias sorg, trevlig. Henriettas tankar kring vad de hade diskuterat, snurrade som propellrar i huvudet på henne, när de väl bröt upp och tog bussen hem – var och en på sitt håll.

Henrietta - Polen och nunnorna

Henrietta ägnade dagarna åt jobb, hem och fritid. Hon älskade att laga mat, och på fredagen lagade hon en ljuvlig kyckling i ugn. När hon stod där och grejade i köket, kom en av hennes tre älsklingskatter, Charlie, fram. Han hoppade upp på köksbordet, satte sig på rumpan och slog ihop sina grova tassar i en roterande rörelse för att få hennes uppmärksamhet. Hungrig, förmodligen.

Henrietta la ifrån sig stekspaden, vände sig om och kelade med Charlie.

— Du ska få lite mat, sa hon och kliade honom under hakan.

Han var hennes bebis. Sov vid sidan av kudden i sängen varje natt och hade gjort så sedan han var en liten kattunge.

— Ja, du är så fin och jag älskar dig med.

Charlie spann och strök sin orange päls mot henne. Han hade mycket av rasen perser i sig med sin trubbiga nos och stora iakttagande ögon. Tungan var sträv och klibbig som den typen av flugpapper som de förr i tiden hade haft hängande i sommarstugan. När hon böjde sig ner mot honom, drog han tungan över hennes panna och hårfäste. Hon skrattade och pussade på honom, även om hans tunga nästan slet av håret vid rötterna.

— Du är klok du, nästan som en liten människa. Du kan tro, Charlie, att jag upplevde konstiga saker på firmafesten som jag var på häromkvällen. Framför allt spänningen kring fängelset på slottet. Den tog andan ur mig.

Anders kom ut i köket.

— Blir det någon mat snart? Jag är hungrig som en varg.

Han snusade i luften, drog in de kulinariska dofterna och tittade i ugnen där Henrietta hade satt in fatet med kycklingfiléerna som var stekta med vitlök och timjan.

— Nej, inte kyckling, sa han och rynkade på näsan. Jag är inte förtjust i kyckling. Det vet du.

Hon såg hans besvikelse men ignorerade den.

— Du får äta vad du kan. Jag var sugen på kyckling, och någon gång kan jag väl få laga den typen av mat? Öppnar du en flaska rosévin?

Med hängande axlar tog Anders fram vinet ur kylen och öppnade det. När han stängde kylskåpsdörren kom nästa katt springande. Det var Elvis som hade hört ljudet av kylskåpsdörren och ville pocka på uppmärksamhet. Hans sätt var att sätta sig vid dörren och banka på den med tassen samtidigt som han pratade. Elvis påminde om rasen siames eftersom han ständigt talade och gnällde. Men han var mörkt rödbrun, nästan bourgognefärgad, spräcklig som en ko med aristokratiska långa ben och lite vitt. På öronen hade han tofsar precis som ett lodjur.

— Katterna vill ha mat, sa Anders.

Typiskt Anders, tänkte Henrietta och märkte hur gallan steg av irritationen. Det här skulle vara en mysig kväll, men allt verkade gå käpprätt fel.

— Men utfodra dem då, fräste hon. Jag dukar och lagar mat, ser du väl.

När katterna hade fått mat och de satt sig till bords, frågade Anders om upplevelsen kring firmafesten.

— Den startade med tävlingen ”Fångarna på fortet”. Maten var god och medeltida. Jag blev rejält tagen av upplevelsen i fängelsetornet, speciellt av berättelsen om änglamakerskan i cell nummer fem. Hon som tog sitt liv. Och det spökade där, sa guiden.

Anders avbröt henne.

— Det var inte sådant trams jag ville höra. Berätta bara sakligt.

— Ja, vissa saker var svåra att ta på allvar. Någon djupare kontakt med arbetskamraterna betvivlar jag att det leder till. De är udda, och emellanåt känns det som att jag inte passar in. Förmodligen stämmer inte min värdegrund med deras. Det är kanske dags att byta jobb?

***

Den kvällen somnade inte Henrietta. Tankarna malde i huvudet på henne. Hon återvände till den beckmörka fängelsehålan där många själar hade suttit instängda. Lukten av de inbillade exkrementerna nådde näsan. Guiden hade berättat att alla fick uträtta sina behov i en gemensam tunna. Fy sjutton! I fängelsetornet, däremot, satt varje fånge i en egen cell, och de kunde inte göra narr av varandra på samma sätt. Men isoleringscellen med den tunga, ljudisolerade dörren hade skakat om henne. Där inne, hade guiden berättat, kyldes fången ner med sprutande vatten. Tankarna gick vidare till fånge nummer 2701, änglamakerskan Hilda Nilsson, som 1917 dömdes för mordet på minst åtta utomäktenskapliga barn som hon och maken hade tagit hand om mot betalning. Hennes dödsstraff omvandlades till livstids fängelse, men hon valde att ta livet av sig. Att hon lyckades var i sig märkligt eftersom vakterna hade titthål i dörrarna och noga kontrollerade fångarna med jämna tidsintervall. Historien gav henne kalla kårar, och hon kunde inte släppa den. Det var som om den ville tala om något för henne.

***

Dagen efter blev hon ännu mer övertygad. Mormor brukade alltid säga, ”Man får vad man behöver,” och det verkade vara mer sant än vanligt. Henriettas kusin hade gift sig med en vacker polsk kvinna, och de hade köpt en lägenhet en stad tio mil från Warszawa i Polen. I den vistades de några gånger per år. Annars bodde de i Norge.

Henrietta fick ett antal foton från dem, bland annat ett där hon tydligt såg ett öppningsbart fönster. I detta stod en liten babykorg med en filt i. Tvärs över rutan stod det ”*Livets fönster*” på polska. Ett annat foto visade också ett fönster med en babykorg. Ovanför fönstret stod det ”*Mamma låt mig leva*”. Henrietta blev förvånad och tankfull. Vad betydde det?

Hon skrev till kusinen. Genom brevväxlingen fick hon klart för sig att det fanns flera platser där ensamstående mammor kunde lägga sina oönskade barn. Nunnorna som fungerade som ett slags goda änglamakerskor tog hand om barnen. Det var fullständigt ofattbart att detta existerade på tvåtusentalet, ett sekel efter att änglamakerskorna försvann från Sverige.

Fönstren övervakades dygnet runt.

Henriettas darrade och ryste. Att dåtidens änglamakerskor hade funnits var inte så konstigt men att det fortfarande fanns något liknande, var märkligt.

Henrietta kunde inte fokusera. Hon måste läsa mer om framför allt Hilda Nilsson. Vilket öde hade denna kvinna mött?

Ju mer hon grävde i historien, desto tydligare blev den. Änglamakerskornas affärsidé var vanskötsel och barnmord. Fosterbarn var en handelsvara. Ju snabbare de dog, desto mer pengar tjänade änglamakerskorna. När Henrietta läste detta, rös hon till och skakade som om hon hade hög feber.

Henrietta läste mer om Hilda Nilsson och blev chockerad av det hon fick veta. Enligt berättelsen hade Hilda Nilsson lagt sin fem månader gamla fosterdotter framstupa i en badbalja och placerat en tvättbräda samt en kolspann ovanpå henne. Sedan lämnade hon barnet och när hon återvände, konstaterade hon att flickan var död. Hilda tömde baljan, svepte in barnet i en filt och gömde det i en skrubb utanför köksdörren. Dagen därpå brände hon liket i tvättstugans kolugn. Till sin man och andra som undrade berättade hon att "fint folk" hade hämtat flickan och att hon var på väg till ett fosterhem.

Henrietta mådde illa av informationen. Det var fullständigt ofattbart hur någon kunde skada ett barn.

Detta barn var det första av totalt åtta fosterbarn som Hilda Nilsson tog livet av. Endast två av de barn som hon hade i sin vård fick leva. Under polisens förhör förklarade hon sitt brott med att hon blev "uttråkad" av flickans ständiga skrik. Babyn sov dåligt och störde grannarna med skrikandet. De andra barnen dödade Hilda på ungefär samma sätt. I vissa fall dödades barnen direkt efter mottagandet, så att varken maken eller grannarna fick reda på deras existens.

Henrietta gjorde en paus i läsandet. Det blev för mycket att ta in. Som i frossa bryggde hon en kopp kaffe och avbröt med ett korsord, men tankarna gick hela tiden tillbaka till denna brottsling. Efter några minuter återupptog hon läsningen.

Rättegången väckte stor uppmärksamhet i Helsingborg 1917. Änglamakeri hade sedan sekelskiftet varit ett omdebatterat ämne, men åtgärderna för att komma till rätta med eländet var tama. Misskötsel kunde pågå under lång tid utan att någon reagerade. Hilda Nilssons brott var den yttersta formen av vanvård och försumlighet som utomäktenskapliga barn riskerade att drabbas av.

Hilda hade själv fått tre utomäktenskapliga barn i ungdomen, varav ett hade lämnats till fosterhem och två hade dött. Under några år prostituerade hon sig för att dryga ut kassan. Sedan träffade hon maken, som var brandman. De bodde trångt, hade dragit på sig stora skulder och plågades av indrivningar. Hilda tog därför emot fosterbarn mot engångsbetalning. Ändå var summan hon begärde alldeles för låg för att kunna försörja ett barn någon längre tid. Omgivningen talade om henne som vänlig, ordentlig och arbetsam. Hon gav intryck av att vara en omsorgsfull fostermor. Flera av mammorna uppfattade henne som förtroendeingivande och trodde att hon skulle ta väl hand om deras barn. Detta bidrog förmodligen till att hon kunde fortsätta verksamheten länge utan att någon fattade misstankar. Hilda skickade små kort till mödrarna där hon fantiserade ihop berättelser om barnens utveckling. På så sätt kunde föräldrarna känna sig uppdaterade och lugna. Hon tvekade inte ens att begära mer pengar av mödrar vars barn hon redan hade tagit livet av.

Upptäckten kom när en av mammorna, Blenda, ville ha tillbaks sin baby, Gunnar. Hon kontaktade Hilda, som sa att barnet skickats till Malmberget till en av Hildas systrar. Mamman tog tåget upp och undersökte, men där fanns inget barn. Hon kontaktade Hilda igen, som då svarade att Gunnar hade dött. Mamman, som fortfarande befann sig i Malmberget, gick till kyrkogården och talade med prästen. Inget barn hade begravts där. Mamman skrev till fosterbarnsnämnden, som lämnade över ärendet till polisen. När polisen kopplades in rullades historien upp inför en chockad allmänhet.

I efterhand kunde folk berätta att de hade misstänkt något. Den svarta röken från Hildas tvättstuga vällde ut, och de hade märkt lukten av as.

***

Henrietta blev matt efter att ha läst historien. Hon hittade andra liknande berättelser. Själv uppvuxen i Malmö, blev det påtagligt när hon konstaterade att änglamakerskor hade funnits i trakterna kring Spån- och Grynbodgatan, såväl som Norra Vallgatan, välbekanta områden för Henrietta. Ännu ett hem hade upptäckts på Södra Förstadsgatan.

Henrietta blev tårögd. Det fanns visor skrivna om de små liven. En av dessa hette "*En sång om de upprörande barnskandalerna i Malmö*" och började:

"Ögonen tåras, sinnet uppröres
Af sådan grymhet emot de små
Som vi väl skola älska och vårda,
Då vi som gudagåfva dem få ..."

Många hade vittnat om uppväxten i änglamakarhemmen, en av dem var Nils Poppe. Han hade turen att komma till ett fosterhem där han blev väl omhändertagen.

Nej, Henrietta orkade inte läsa mer. Hon var matt och illamående, men fortfarande fundersam kring vad all denna information skulle bära med sig. Det måste finnas en anledning till att hon fick kunskapen. Hon önskade av hela hjärtat att hon hade kunnat vrida tiden bakåt och förhindra eländet som utspelats på flera platser i Skåne.

Henrietta - Minnet av firmafesten

Henrietta tänkte tillbaka på firmafesten som hade hållits på Citadellet i Landskrona. Sakta gick hon igenom detalj för detalj av vad hon hade upplevt. Slottet hade fångat henne från första sekund. Här hade hon varit flera gånger tidigare men firmafesten blev ett minne som hon inte kunde frigöra sig ifrån.

***

Spänningen steg den kvällen när Henrietta och hennes kollegor närmade sig slottet från 1500-talet, byggt av Kristian III från Danmark. Det var ett av Nordens bäst bevarade vattenfästningar. På slottet skulle festen hållas. Byggnaden var omgiven av en bred vallgrav med smutsigt vatten.

Henrietta hade ibland haft andliga uppenbarelser av gammal energi, och var särskilt intresserad av fängelsehålorna i det runda tornet. Hon hade läst på om Citadellet. Det hade varit fängelse redan under den svenska stormaktstiden på 1600-talet. Det byggdes mellan 1549 och 1559 och fungerade som en försvarsanläggning för skydd mot hot från havet. Under och efter trettioåriga kriget (1618–1648) användes Citadellet som fängelse. 1827 började tornet användas för livstidsdömda. På 1900-talet användes det för tvångsarbete för kvinnor.

Henrietta var säker på att hon skulle få uppleva något märkligt denna festkväll.

***

Bussen stannade vid slottet och Henrietta tittade ut genom rutan. Slottet låg som en juvel omgiven av den sjuttio meter breda vallgraven. Hon rös till när hon tittade upp mot fasaden.

Klädda i bekväma kläder och skor, rusade Henrietta och hennes arbetskamrater ut på trottoaren, när bussen stannade. Alla var angelägna om att komma fram och många hoppades på förfriskningar.

Det kittlade i magen på Henrietta. Företaget, där hon jobbade, hade utlovat en annorlunda firmafest.

Med en blick tog hon in slottets fasad med de gröna koppartornen. Gruppen gick i samlad tropp över bron med vindbryggan in till fästningen.

***

Längre bort, utanför slottet, stod en polisbil tillsammans med en brandbil. Oroligt spejade Henrietta dit och fundera över vad som hade hänt. Även kollegorna visade upp nyfikna ansikten och när de väl kom in på slottet och guiden dök upp, fick de förklaringen.

— En kropp har hittats i sundet utanför Landskrona, berättade guiden. Det är en man i fyrtioårsåldern som, enligt polisen, har anmälts försvunnen.

Ett sus gick genom gruppen.

— En person såg en kropp flyta i vattnet ett hundratal meter från slottet vid fyratiden idag, fortsatte guiden. Flera polispatruller har skickats till platsen och dykare finns där. Men polisen har konstaterat att det var en olyckshändelse och inget brott. Så ni kan alla slappna av, avslutade guiden.

Henrietta och några av hennes kollegor diskuterade obehaget i det inträffade, även om saken var utagerad.

Kullerstenarna på gårdsplanen var hala i kvällningen och Henrietta var tacksam för att hon hade tagit gympaskor på fötterna.

Personalchefen på företaget samlade alla anställda omkring sig och hälsade välkommen samtidigt som de fick ett glas med något drickbart.

Guiden som var utklädd till slottsherren Jörgen Brahe när han bjöd på välkomstdrinken och hälsade dem välkomna, såg hennes min och sa:

— Nej, det är inte vatten. Det stod lågt i rang på medeltiden och det är dit vi förflyttar er nu. Medeltidsfolket menade att alkohol var bra för matsmältningen. Vin var vanligt såväl som färsköl. Humle saknades.

— Nu börjar vi med att skåla i mjöd som hade ett symboliskt värde vid högtider. Skål allesammans och välkomna hit, ropade personalchefen och höjde keramikmuggen.

Sextio personer, Henriettas arbetskamrater på företaget, gjorde likaledes.

— Ikväll blir det "Fångarna på fortet" på denna fästning, som vakat över staden i fyrahundrafemtio år, fortsatte guiden. Det bygges som en fästning men har även använts som slott. Om en stund ska jag förklara för er vad som kommer att ske. Därefter ska ni få inta en medeltida middag i stora salen.

Henrietta grimaserade åt drycken. Hon hade aldrig varit något fan av öl och insåg att inte heller mjöd tilltalade henne, trots att det var ett slags honungsvin.

Från ett hörn rusade ett antal gycklare fram, burleska, komiska och med gymnastiska krumbukter, intog de borggården. Några hade små instrument med sig och spelade, andra sjöng och resten underhöll med atletiska kroppsformationer, hopp och annat. Iklädda brokiga jackor eller kalvskinnskappor med narrstavar med groteska huvuden, band och bjällror, spexade de.

Ljudnivån ökade i takt med showen. Glasen fylldes på allteftersom. Henrietta såg att några arbetskamrater redan hade fått glansiga ögon och röda kinder. Det gick tydligen fort med berusningen, vilket oroade henne. Lite av kvällens spänning miste sin glans. Att växa upp i ett alkoholisthem hade satt djupa spår inom Henrietta.

Kvällssolen gassade och den fuktiga ytan på kullerstenarna torkade upp. Borggården blev som en bastu och Henrietta hoppades att de snart skulle få komma innanför de svala slottsväggarna. Hon vände och vred på sig, letade efter något ställe att kasta ut mjödet, utan att någon såg det. Kanske skulle hon kunna låta dropparna sakta rinna ner mellan gatstenarna?

— Vilken rolig grej, sa en av arbetskamraterna och knuffade till Henrietta i sidan. Tycker du inte?

Henrietta satte ansiktet på plats och log. Nej, hon tyckte verkligen inte detta men det kunde hon inte säga.

— Och vilken härlig dryck, fortsatte han utan att se att hon var besvärad. Har du redan druckit upp? Ska jag hämta mer åt dig?

— Tack men jag är nöjd. Vi får säkert mer att dricka när vi sätter oss till bords och jag är mer för vanligt vin än mjöd, svarade Henrietta och ansträngde sig att se glad ut.

— Har ni fyr, frågade en av de kvinnliga cheferna och stoppade cigaretten i munnen.

Både Henrietta och den manlige arbetskamraten ruskade på huvudet.

— Nej, jag röker inte, svarade Henrietta.

Kvinnan suckade dystert och marscherade bort mot en av killarna som brukade stå utanför kontorsbyggnaden med en cigarett i handen. Stor och tjock drog hon in magen och böjde sig förföriskt mot systemeraren med tändaren. Henrietta mådde illa. Hon ville verkligen inte se det här. Måtte hon slippa en massa flirtande under resten av kvällen.

Hon fokuserade på gycklarna som nu dansade i ring omkring dem. Sakta drömde hon sig tillbaka till ett annat medeltida sällskap som hon bevistat med tornerspel och medeltida danser, en sommar. Den gången hade hon varit en av sångarna och njutit av evenemanget. Kören, som hon var med i, hade tränat idogt för att sjunga och dansa. Hon log åt minnet av sången ”Sven i Rosengård” som de då sjöng och dansade till. Dessutom hade alla gemensamt sytt egna 1300-talskläder inför festligheterna som hade utspelats på den borgplats där drottning ”Margareta Byxlös” befäste Kalmarunionen 1397.

Omedvetet började Henrietta nynna på första versen och som genom ett trollslag hör hon gycklarna sjunga den.

Var har du varit så länge
du Sven i Rosengård
Jag har varit i stallet,
käre moder vår.
I vänten mig sent eller aldrig

På den festen hade deltagarna ätit och druckit i uppsatta tält, på den plats där Lindholmen en gång hade legat – utanför Svedala. Feststämningen hade flödat liksom mat och dryck för de inbjudna. På Lindholmen hade drottning Margareta tillfångatagit Albrecht av Mecklenburg och hans son Erik.

Henrietta undrade nyfiket om hon skulle få uppleva något liknande den här kvällen.

Arbetskamraten hade tappat intresset för henne. Hon brukade inte vara tystlåten men ikväll hade hon svårt att uppbåda entusiasm. En annan av kollegorna var på väg mot henne. Han var om möjligt tråkigare än den förre. Hon beslutade sig för att rymma, leta upp toaletten och pudra näsan.

Henrietta älskade gamla byggnader och slott. Med beundran kikade hon mot ingången i den röda tegelstensbyggnaden och bestämde sig för att leta upp damernas. Med en generals steg spatserade hon in i byggnaden. Hittade en skylt och följde den mot närmaste toalett.

Två av de mer flamsiga tjejerna stod därinne. De viskade hemlighetsfullt men slutade prata så snart hon uppenbarade sig.

Hon ryckte upp närmaste dörr och stegade in i det avskilda. Väl där hörde hon deras lågmälda skvaller. Det handlade om än den ene, än den andre. Hon blev så trött på dessa omogna kvinnor och önskade än en gång att kvällen skulle ta slut.

***

När hon återvände till borggården såg det ut som om alla hade blivit förstenade. De stod i ungefär samma grupper och talade lika tyst och långsamt som småkrypen i marken. Hade klockans visare överhuvudtaget rört sig?

Tänk att hon jobbat i detta företag i ett par år nu och ännu inte hittat en enda person att liera sig med. Det verkade som om hon hade helt andra värdegrunder än övriga. Jobbet var okej men var tyvärr inte det uppdrag som hon trott. Ansökan hade låtit spännande, verkligheten var den omvända. Det var extremt stressigt och ganska tråkigt. Dessutom hade de en direktör som inte berömde deras kreativa initiativ. Han var mer intresserad av att tjäna pengar och att sälja, trots att han saknade kundservice. Hon visste av erfarenhet eftersom hon hade varit på resande fot med honom några gånger. Då hade hon skämts över hans burdusa uppträdanden hos kunderna. Med en rysning såg hon framför sig hur han som ett trotsigt barn hade slagit ihop anteckningsjournalen med båda händerna och hetsigt rest sig upp med orden:

— Nu åker vi hem!

Kunden hade gapande tigit. Henrietta försökte skyla över chefens beteende. Ansiktet blossade och hon skämdes för hans truliga sätt. Nej, det var nog dags för henne att söka nytt arbete. Detta var en besvikelse både vad gällde arbetsuppgifterna, personalen och chefernas ledarskapsförmåga. Ibland tyckte hon att det var som i grundskolan. Speciellt när hon fick höra att ”fyrorna (som var högsta betyget för de anställda) var slut”.

Ännu värre var att fler och fler av de få arbetskamrater som hon gillade, blev sjuka. Var det inte hjärtinfarkter så var det andra stressrelaterade sjukdomar. Tre projektledarna som hade anställts samtidigt med henne, och som hon hade respekterat och delat åsikter med, hade sagt upp sig och slutat.

Alla jobbade alltför mycket. Några av de yngre grabbarna hade hunnit både gifta och skilja sig på grund av att jobbet tog all deras tid.

Hennes egen arbetstid hade successivt ökat. Numera jobbade hon tretton till sjutton timmar dygnet. Det var en ohållbar situation. Dessutom hade den chef som hon respekterade fått ett nytt uppdrag. I hans ställe hade hon fått den fjantiga, rundlätta, osmarta kvinnan som tidigare frågat efter eld. Chefen var inte mogen uppdraget och att försöka tala om för henne att Henrietta skötte tre personers jobb, var föga populärt. När Henrietta hade försökt få chefen att förstå, hade damen svarat:

— Ja ja, det blir nog bra, men hjälp mig nu med att få i gång min dator.

På den nivån var det.

Med en suck tittade Henrietta uppfordrande på guiden. Hon gillade inte överraskningar och inte lekar. En del arbetskamrater började se dragna ut vilket var olustigt. Förmodligen skulle hon hamna i något lag där alla var onyktra.

***

Guiden klappade i händerna för att dra till sig uppmärksamheten.

– Jaha, mina vänner ..., harklade sig guiden, då börjar allvaret. Välkomna till ”Fångarna på fortet”. Detta är vad som gäller ...

Henriettas mage tog ett skutt. Jaha, nu började eländet. Hon svalde, hoppades att det trots allt skulle vara underhållande och att hon slapp utsättas för press. Med knuten näve i fickan intalade hon sig att allt skulle bli bra. Frågan var om hon skulle uppskatta kvällen. Då visste hon inte vilken upplevelse hon skulle få med sig hem. ”Verkligheten överträffar ofta dikten”, hette det.

Henrietta skulle få ett minne som längre fram infiltrerade närstående personer i hennes omgivning. Något som hon inte kunde glömma.

Fångarna på fortet

Henrietta var av tufft virke. Det mesta som hon tog sig för, funkade och hon nådde ständigt uppsatta mål. Men lekar hade aldrig legat för henne. Kanske för att hon som barn inte fick så mycket tid över för lekarna. Hon fick redan i unga år ta ansvar för saker som andra barn brukade slippa tills de kom upp i vuxen ålder.

Ikväll skulle företaget skapa gemenskap med hjälp av tävlingen som kallades för ”Fångarna på fortet. Händelserna i det grundläggande TV-programmet hade blivit en tittar-succé. Skillnaden var att guiderna hade döpt detta till ”Fången på slottet” och ett antal skådespelare uppträdde i tidsenliga kläder. Gycklarna var första delen av upplevelsen.

Guiden, utklädd till slottsherre, tog åter till orda och delade upp de anställda i lag genom att de fick dra lappar från en hatt. På lappen stod en siffra för laget. Hon fick siffran tre och hoppades att några andra vettiga personer ingick i gruppen.

De anställda fick ställa sig i grupper med en guide i varje grupp och fick en vapensköld som de skulle ta med sig in i citadellet.

— Nu är ni alla fördelade, sa den utklädde slottsherren, och till ert förfogande finns en vägledare som hjälper er. Ni kommer att få ta del av vår historia. Tävlingen är utformad enligt medeltida mått. Ni kommer att få uppleva ”rida till kungs” och många kluriga frågor ska besvaras. Varje gång ni svarar eller gör rätt, får ni en guldpeng. Det lag som får flest guldmynt får slutligen följa med en munk till fängelsehålorna och frigöra en fånge. Under aktivitetstiden får ni be om dricka för att släcka törsten. Om någon hellre vill ha läsk eller vatten, går det att ordna.

Henrietta tackade för det. Hon var törstig men ville hellre ha en ramlösa än mjöd.

Slottsherren klappade i händerna och ropade:

– Må kampen börja!

Initialt stod alla kvar, aningen förstenade. Men i varje grupp berättade och informerade den tilldelade guiden gruppmedlemmarna. Efter några minuter började första gruppen skrida mot ingången till slottet. Som grupp nummer tre, blev det snart Henriettas tur. Där inne var det mörkt. Endast några ljus var nerstuckna i kandelabrar längs med väggarna.

Henriettas mage kurrade. Hon började bli hungrig och en doft av grillat kött slog mot näsborrarna.

Strax innan hon passerade ingången till slottet, tittade hon förundrat upp på byggnadsverket framför sig. Det var verkligen annorlunda. Sju stora välvda ingångar var byggda i sten. De var lika höga som fasaden som låg i bakgrunden.

Första valvet ledde till bryggan. Resterande valv var ingångar till slottet. Endast en tung plåtdörr stod öppen. Det var den som hon tidigare hade gått in genom för att uppsöka damernas.

Spröjsade fönster fanns i fasaden. Ljus belyste ytterväggarna vilket ökade spökkänslan. Henrietta beundrade byggnadsverket innan hon, tillsammans med övriga i gruppen, steg in genom porten till slottet. Hon ryste till, glad att hon slapp övernatta på detta dystra ställe.

Hennes sinne var känsligt för forntidens gång. Så snart hon steg innanför väggarna märkte hon att där fanns något underligt i atmosfären.

— Under århundranden har vålnader och gengångare synts här på slottet, berättade guiden, och jag hoppas vi inte stöter på alltför många ikväll.

Stämningen påverkades direkt och ett kompakt mörker la sig över Henrietta som genast fick svårt att andas.

Strax mötte de gråmunken själv, som påstods vara ett av spökena. Denna gång en utklädd skådespelare med ett ljus i handen.

Henrietta andades högljutt och flera i gruppen sökte sig närmare varandra.

De fick höra en historia om en soldat och att slottet förvandlades till fängelse när det ålderstiget inte längre kunde försvaras.

— Historien går tillbaka till Erik av Pommern 1413, sa guiden. 1591 skrev astronomen Tycho Brahe till greven i Kasel. Han berättade att han hade tagit med sig sin tama älg på en större middag. Älgen och Tycho hade letts in i matsalen och där trakterats med massor med mjöd. Älgen blev full som en alika och kunde inte kontrollera benen. Han föll i den här trappan, sa guiden och pekade, och bröt benet. Trots ömsint vård gick älgen inte att rädda och dog med baksmälla. Den historien är sann för den har vi på pränt.

Gruppen hade nått fram till första frågan som de gemensamt besvarade som på en traditionell tipspromenad. Henrietta pustade ut. Detta kunde hon stå ut med. Bara hon slapp äckligheter som de hade i TV-programmet. Men än var inte upplevelsen slut.

— Här är en annan av frågorna, sa guiden och pekade på den uppsatta lappen på tegelväggen.

Frågan löd: När återlämnades slottet till danskarna efter freden i Brömsebro?

Det fanns ett antal svar och gruppen enades om att det måste vara 1646. Henrietta hade alltid varit usel på årtal så hon nickade bara och höll med övriga i deras diskussioner.

— 1676 satte danska armén upp tjugonio kanoner och sköt mot slottet. Över sjutusen soldater ledde attacken. Det blev en våldsam kanonad och här ser ni fortfarande några skador från den tiden, sa guiden och pekade.

De fortsatte färden i mörkret, besvarade frågor och diskuterade.

— 1707 satt här sextio polska och ryska krigsfångar, berättade guiden vidare. Och 1845 var här etthundraåttionio livstidsfångar och trettiofyra som var dömda "å viss tid". Det blev upptakten till att östra rundeln byggdes om med celler. Fångtornet byggdes i två våningar med plats för trettiotvå ensamceller. Det var det mest moderna fängelset i landet. Men som ni förstår räckte det inte och därför byggdes slottet ut med fyra våningar och plats för etthundraåtta celler. 1746 fick Bengta Andersson från Hörby sluta sina dagar på stupstocken.

Henriettas bröstkorg trycktes ihop när hon tänkte tillbaka på allt elände som hade skett på denna plats. Så mycket sorg rymdes inom väggarna.

En ny lapp med en fråga om vad som hände 1872 skulle besvaras. Gruppen enades om att det var då man avrättade livstidsfången Carl Otto Andersson efter att han hade mördat en fångvaktare. Han halshöggs och blev den siste som avrättades på slottet.

— Men antalet fångar ökade och 1875 fanns här tvåhundraåttionio interner, fortsatte guiden.

Nästa fråga handlade om vad som hände 1886 och än en gång enades gruppen om att det måste vara den omtalade branden.

— Så fortsatte det, avslutade guiden, och fram till 1940 var det fängelse för glädjeflickor. Sedan blev det flyktingläger fram till 1953 då de återstående tjugotvåtusen flyktingarna flyttade ut.

Detta fick gruppen att häpna. Vilken mängd flyktingar!

Nu fick gruppen en deckargåta. De skulle lösa ett mordfall som skett innanför vallgravarna på slottet. Guiden delade ut en sammanfattning av vad som hade hänt samt ett obduktionsprotokoll. Utifrån den informationen skulle de gemensamt söka bevis och analysera. I Henriettas blandade grupp, som bestod av både systemerare, programmerare och några chefer, fanns hög kompetens med slutledningsförmåga. De diskuterade, precis som de ansvariga visste, om mordet var hämnd, misslyckat inbrott, en gammal uppgörelse eller annat. Ingen visste säkert men gruppen enades om att det måste ha varit hämnd.

— Egentligen borde vi inte kalla denna byggnad för slott eftersom Kristian III aldrig bodde här. Han dog innan det var färdigbyggt. Titta här! Se så mycket historia som ryms. Här ser ni ett kors, sa guiden och satte ljuset närmare väggen, som är från tiden då klostret som tidigare låg på samma plats, revs.

Guiden pekade på de tjocka tegelstenarna från 1500-talet.

– Och här, fortsatte han, ser ni även en tegelsten med ett tumavtryck. Nu ska vi upp en våning, sa han och pekade mot trappan.

Truppen fortsatte vandringen uppåt till vindsvåningen ovanpå kyrksalen.

– Här ska ni få träffa fader Johannes och abbedissan vid altaret. Ni kommer att få frågor ur katekesen och även lösa en ny liten gåta.

Henrietta log. Äntligen kanske hennes andliga kunskaper kom till sin rätt. Religion hade varit ett av hennes favoritämnen.

De stegade in i salen där dödskallar och en uppstoppad korp betraktade dem. Gruppen lyckades svara på frågorna och få pluspoäng.

Vandringen var över. Henrietta pustade ut. Hon älskade historia och det här hade varit över förväntan. Alla fantasier som hon hade målat upp för sitt inre, hade kommit på skam. Det var TV-serien ”Fångarna på fortet” som hade skapat hemska bilder. Hon hade bävat för spindlar och ormar, som hon hatade, och för att krypa in i små utrymmen där hon inte skulle få luft.

Sedan slutet av sjuttiotalet då hon med värkar och förlossning på gång hade fastnat i hissen en fredagskväll i ett i övrigt tomt kontorshus, gav små utrymmen panik. Det hade gått bra den gången. Mest på grund av hennes skrikande som leddes genom rören upp till en toalett där en dåvarande arbetskamrat satt. Han hörde hennes rop på hjälp och tillkallade brandkåren. I det nybyggda kontorshuset, fungerade nämligen inte larmknappen till säkerhetsbolaget. Och i luckan i hissen hade någon lustigkurre satt in en ölburk och en påse pepparkakor.

Allt hade startat med att hon lovat ta med sig den utgående posten bestående av kartrullar och stora paket. Hon skulle ändå till torget där posten låg. Därför hade hon, höggradigt gravid, varit den siste anställde som gav sig i väg från kontoret, bortsett från arbetskamraten på toaletten.

Samma morgon hade hon varit hos barnmorskan som hade konstaterat att hon var några fingrar öppen. En förlossning var på gång och hon hade gått över tiden.

Skräcken för vad som skulle kunna hända i hissen, gjorde henne närmast förlamad. Men allt gick bra. Brandkåren kom och vevade upp hissen så pass att de kunde häva ut henne med remmar, trots att hon var otymplig.

Historien hade satt sig och skräcken hade legat på lur under eftermiddagen och kvällen. Äntligen slappnade Henrietta av och blev mer kommunikativ. Kanske skulle kvällen och upplevelsen sluta med något kul?

Medeltidsmiddagen

I samlad tropp gick Henrietta och arbetskollegorna in i stora salen för att fira medeltida gästabud. Det blev tumult och Henrietta fastnade i dörröppningen. Alla ville komma först till bordet. Hungern slet.

— Wow, det är som att komma in i en film om 1500-talet, sa Henrietta vänd mot en manlig kollega. Jag är vrålhungrig. Hoppas vi får något gott att äta. Är det bordsplacering?

— Nej, vi går runt bordet och slår oss ner i mitten. Ska vi sitta ihop? sa arbetskamraten Peter.

— Ja det kan vi göra.

Henrietta gillade några av killarna som hade huvudet på skaft, var artiga, trevliga och inte lika barnsliga som övriga i gänget. Hon blev glad att Peter ville sitta intill henne. Han var en person som hon kunde diskutera med, till skillnad från flertalet som inte hade samma värdegrund.

Salen strålade av ljus. I taket hängde stora järnstakar i vilka hundratals levande ljus glimmade och spred värme över salen. På de vitkalkade väggarna fanns lampetter i järn, även de med levande ljus.

Det långa rustika träbordet var dukat för sextio personer och stolarna var medeltida trästolar med flätade säten. De var inte bekväma men inbjudande. Det skulle bli skönt att få vila benen, tänkte Henrietta.

På bordets mitt låg en gigantisk röd och brunrandig, vävd duk, i formatet som lång tablett. Den gick från ena kortsidan till den andra. I mitten av duken fanns den bruna delen som en illusion av träet i bordsskivan och där stod träljusstakar med levande ljus samt låg massor med äpplen i färgerna gult och rött. Dessutom låg där druvklasar i grönt samt morötter och några andra rötter. I dekorationerna fanns fågelfjädrar instuckna som dåtidens gåspennor. Tallrikarna var i keramik och framför varje tallrik stod en mugg i keramik. Små karaffer i stengods med rödvin var utplacerade.

Några bestick fanns inte bortsett från en träsked som var placerad på varje tallrik. Mellan två tallrikar fanns en lång hoprullad, vit linneservett. Den låg rullad på samma sätt som en judisk tanakh, det vill säga som två rullar. Så snart alla hade satt sig och drog i varsin rulle uppdagades det att det var en enda lång servett som skulle delas av två personer. Inte helt enkelt för att torka sig om munnen. Att lägga den i knät blev ett dilemma.

Guiderna, nu utklädda till serveringspersonal och krögare som på dåtidens krogar eller utskänkningsställen, knackade och en av dem utklädd till Jörgen Brahe, tog till orda.

— Välkomna till middagen! Vår medeltidsmiddag serveras på specialtillverkad stengodsservis som ni har framför er. Äter gör ni med fingrarna och med den träslev som finns vid tallriken. Vi delar även ut några knivar. Ni får två sorters rökt korv, rökt fisk, kalvsylta, lingonaladåb, kycklingbitar, honungsglaserade revben, örtkryddade revben, äppelmos, ’sod’ som är tärnade rotfrukter kokta i stark buljong och slottsbakat rågbröd. Maten sköljer ni ned med en halv karaff med vin serverat i lerkrus. Behöver ni något mer, säger ni till någon av oss. Maten plockas från stora träfat som vi kommer att ställa på borden. Kaffe och havrekaka serveras efter maten trots att detta är ett senare påfund. Smaklig måltid!

Ett sorl utbröt. Alla var hungriga och nyfikna på maten. Måltiden blev en grisig historia för ingen var van vid att äta med fingrarna. Många rusade till toaletterna för att tvätta händerna när de hörde att de skulle äta med fingrarna.

Henrietta, som nu hade börjat uppskatta festen, konstaterade att allt var både gott och trevligt.

I tankarna vandrade hon bakåt till barndomstiden då hon hade fått följa med mor, mormor och morfar till morfars bror och svägerska som ägde ett gästgiveri i Skåne. Både roliga och tragiska minnen slogs om utrymmet i huvudet. Hon tänkte på den gången då hon endast tre år gammal hade lyfts upp på en stor ardennerhäst. Den upplevelsen glömde hon aldrig. Ritten skrämde vettet ur henne. Alltsedan dess avskydde hon hästar.

En annan gång hade hon och mamma åkt upp till gästiset, inbjudna på ett stort gille. Då skulle de sova över och fick tilldelat ett rum på loftet. Där fanns två gamla järnsängar, så höga att hon behövde en pall för att komma upp i sängen. Men det var vackra och bekväma sängar med handvirkat, vitt överkast. Tyvärr blev de vuxna fulla, vilket hade lagt sordin på stämningen för henne.

***

Arbetskamraterna återvände från tvagningen och middagen inleddes. Det mesta var gott men hon var inte odelat förtjust i att äta med fingrarna. Fettet släppte inte fingrarna och hon tyckte inte om att bli kladdig, eller som de gamla skåningarna sa ”filkig”, det vill säga flottig om fingrarna.

Dofterna och smakerna på maten var ljuvliga. Vinet var surt och inte tilltalande men nu hade feststämningen även drabbat Henrietta.

Diskussionerna och skratten stod högt i tak. Det var en trevlig stund, något som hon inte hade förväntat sig.

***

Hon tänkte tillbaka på andra fester med företaget. Ett år hade de varit på Röstånga gästis intill Odensjön med fantastisk natur belägen i en nationalpark mitt i Skåne. Det hade varit en rolig kväll. Hon hade blivit utsedd till coach för ett av lagen som skulle spela kubb och hennes lag vann. Mycket spex och skönsång hade hon bjudit på. Avtrycket från den festen hade gjort att hon skrivit en novell som kom med i en antologi. Odensjön hade en mysticism såväl som den här fästningen.

Enligt sägnen hade Odensjön bildats från en glaciärnisch och fått namn efter den cirkelrunda formen som liknades vid asaguden Odens öga. Sjön har gett upphov till olika sägner med sina trettio meter höga branter runt omkring. Länge trodde man att den var bottenlös och hade en förbindelse med en krypta i Lunds domkyrka. Det sades att jättarna Blink och Börta hade bosatt sig under sjön, så långt ner att de inte längre kunde höra kyrkklockorna. Henrietta gillade dessa historier.

En annan skröna sa att i forntiden hade det funnits ett slott och att tornen kunde synas i djupet av sjön en klar dag. Och ytterligare en sägen sa att en elak man skulle begravas i den bottenlösa sjön för att folk ville hindra honom från att spöka för dem. Men hans kista blev tyngre och tyngre ju närmare sjön de kom och slutligen stupade hästen och välte skjutsen. Mannen fick begravas vid vägkanten.

Alla historierna hade fött mardrömmar.

***

Nu hände något vid bortre väggen. De utklädda skådespelarna återvände som gycklare och underhöll gästerna. Sång och musik flödade såväl som vinet och stämningen steg ytterligare.

— Minns du när vi var vid Odensjön, dristade hon sig att fråga Peter. Det var en rolig kväll, tycker jag.

— Ja och då hade vi tur med vädret. Vi kunde sitta ute tills klockan blev över tio och det var alldeles svart när vi travade hemåt genom skogen. Jag tror faktiskt att jag ingick i ditt lag när vi tävlade. För visst var du coach för oss som vann?

Henrietta nickade, glad att de delade ett gemensamt minne.

— Men kommer du ihåg när vi åkte skidor i Italien, fortsatte Peter. Det var ingen rolig upplevelse. Minns jag rätt, så var både du och jag nybörjare. Jag trillade ur liften och blev hängande i jackan. Trodde ett tag att jag skulle dö. Hua mej!

— Ja fy! Den upplevelsen kommer jag aldrig att glömma. När vi kom dit upp var det en enorm dimma och snöade lätt. Jag hade aldrig stått på slalomskidor, var fullständig novis. Och en av tjejerna från Stockholm var lika ovetande som jag om hur slalomåkning fungerade.

— Omgivningen brydde sig inte. Jag hade bett att få gå i skidskola, fortsatte Peter.

— Samma här. Alla skrattade åt mig och någon skidlärare gick inte att uppbåda. Men till slut offrade sig en av mina vänner, Annicka. Hon lovade hjälpa mig i gång och lärde mig hur jag skulle trycka ned dalskidan. I den branta backen åkte hon upp med mig, tog mina stavar och bad mig åka nerför utan dem. Det var ungefär vad jag klarade av. Sedan ledde hon mig och Stockholmstjejen högst upp i backen. Där lämnade hon oss och sa att hon skulle åka en tur ner och sedan återvända. Under tiden skulle vi själva åka nerför. Det gjorde vi men tyvärr åkte vi ut i lössnön och fastnade. Stockholmstjejen började gråta, tog av sig skidorna och försökte plumsa i snön som nådde oss upp till midjan. Vilken mardröm!

— Ja, jag måste säga att jag föredrar fast mark under fötterna. Någon skidåkare lär jag aldrig bli. Detta är betydligt säkrare även om det är lite spöklikt här på slottet. Men kvällen blev bättre än jag hade förväntat mig.

— Samma här, tillfogade Henrietta. Känner du också av vibrationerna i väggarna?

Lite besvärat nickade Peter.

Henrietta fick stundtals tryck över bröstet på vissa platser i slottet. Någon energi hade bevisligen stannat kvar mellan de tunga stenmurarna.

Hon släppte tankarna på andarna och ägnade sig åt middagen. Kaffet kom in och hon njöt av det, trots att de inte serverade mjölk till. Hon bet ihop och lät det svarta råttgiftet glida ner. Tittade sig omkring och konstaterade igen att kvällen hade blivit lyckad. Nu längtade hon efter bussen som skulle köra dem till Malmö där de normalt jobbade och bodde. John Blund började dra i ögonlocken och hon hade varit social med personer som hon normalt inte hade något gemensamt med. Ändå var hon tacksam för att det hade blivit trevligare än förväntat.

Guiden utklädd till Jörgen Brahe återvände och förkunnade att ett lag hade vunnit. Det laget skulle gå till fängelsehålan och frita en fånge. Var det Henriettas lag? Nyfikenheten steg.

Fängelsecellerna

Alla var mätta och belåtna efter det medeltida gästabudet. Henrietta var förtjust i slottet. Det var dags för prisöverlämning. Det lag som hade fått flest guldmynt skulle gå till fängelsehålorna och frita en fånge.

Dramatiskt kungjordes att det var Henriettas grupp som hade vunnit. Laget reste sig från bordet och följde med guiden. Först gick de ner till fängelsehålorna, i den gamla delen. Där hade skelett och likdelar utplacerats. Ett tänt stearinljus lyste upp kusligheterna i fånggrottan och flertalet i gruppen drog hårt efter andan när de kom ner i kryptan. Benen var arrangerade i konstfulla mönster och arrangemang för att påtala fångarnas rop på hjälp, behov av mat och andra nödvändigheter. Stället var en bisarr upplevelse. Henrietta rös och la händerna om överarmarna som för att skydda sig mot onda andar. Dödskallar var ingen trevlig bekantskap. Ingen sa ett ord förutom guiden som talade med en dånande röst. Spänningen steg.

Gruppen fortsatte till det runda tornet där fängelsecellerna fanns. På vägen dit mötte de Skitte-Per och Skitte-Maja. Dessa båda fattiga personer utan tänder och enormt smutsiga närmade sig deltagarna i gruppen som backade undan som när ett hav drar sig tillbaka i vågorna. Fortfarande sa ingen i gruppen någonting. Guiden sjasade iväg fattighjonen som muttrande vandrade vidare.

På en vägg uppenbarade sig en enorm silhuett av en människa. Ljudeffekterna var imponerande och deltagarna insåg att bilden föreställde ett spöke. Rassel av kedjor hördes bakom dem och några i gruppen hoppade högt av rädsla. Effekterna var slående.

— Inget att vara rädd för, mumlade guiden. Bara en av alla våra återkommande andar här på slottet.

Men gruppen hade blivit påverkad och slöt sig nu närmare varandra för att söka skydd och stöd.

— Som ni vet är det Erik av Pommern som har grundat staden. Han är den som lät bygga det första karmelitklostret utan tillstånd från påven. Detta eftersom han inte visste vilken påve han skulle vända sig till. Det fanns två, tre påvar som alla ansåg att de var den rättmätiga påven. Han fick byggnadstillståndet i efterhand när klostret stod klart. Vi ska upp här, fortsatte guiden och pekade mot en trappa i stenväggen.

Alla trängdes eftersom ingen ville bli sist i trappan och guiden gick först. De som var sist i kön kastade oroliga blickar bakåt för att försäkra sig om att ingen ande var dem i hälarna.

När alla andfådda nått våningen ovanför samlade guiden dem än en gång och fortsatte berättelsen.

— Erik av Pommern var ovanligt hårdhänt i en by i Schleswig och mördade både barn och gamla. Gud kunde inte förlåta honom detta. Hans kloka och gudfruktiga fru, Filippa av England, föreslog att han skulle bygga klostret som botgöring. Det blev Nordens första men fick inte stå här länge. Protestanterna i Danmark med Kristian III i täten hade bestämt att där klostret låg skulle en försvarsbyggnad uppföras. Det är denna byggnad som ni är i nu. När slottet stod klart hade kungen dött så han fick aldrig se det. När de rev klostret, lär en av munkarna ha ropat *”Ja, jag lämnar mitt kloster, men jag kommer tillbaks, var så säker på det...”* Och det var bland annat honom ni stötte på för en stund sedan. Han är kvar här. Vi kallar honom ”den grå munken” vilket är märkligt för karmelitermunkarna bar först bruna och sedan svarta kåpor.

Guiden pekade bort mot en ny gång och gruppen fortsatte vandringen. När de kom till nästa del, stoppades de åter av guiden som fortsatte berätta.

— Tegelstenarna från klostret användes, och grunden är därför från 1410. Muren i entrén är från 1730-talet. Tycho Brahe begärde tillträde till slottet och när han flyttade hit från Ven rev Venborna hans tidigare hem. Och ni har alla hört historien om Tychos berömda älg, sa guiden och pekade mot ett uppstoppat älghuvud på väggen.

Alla förstod att det inte var Tychos älg, men effekten var slående.

— Klädseln på den tiden för kvinnorna var, vad vi vet, oftast svart med röda och vita detaljer. Alltid en vit krage, ibland vad som kallades för en pipkrage, ibland en stärkt spetskrage. De bar en liten svängd hätta liknande den som Elizabeth I bar. Hon var modets ikon på den tiden. Nu är vi framme.

Han pekade mot en dörr som ledde in till fängelsetornet i två våningar med en snirklad trappa i järn. I en ring runt trappan låg cellerna.

— Några celler hade en järnsäng, andra hade träsoffor fastmonterade i väggen. Några hade fönster. Det kunde vara ett tredelat fönster eller en glugg med järnstänger. Många av de kvinnor som satt här runt fyrtiotalet var gripna för lösdriveri. De delades in i olika kategorier av fångvårdsstyrelsen. Högst upp var kategorin ”Demimond”, dvs de som var lyxhoror med fina älskare i stadens välbärgade kvarter. Det fanns ”Sutenörsflickor” som hade hallickar, samt vanlig gatflickor, ligister, bettlerskor, höggradigt abnorma, höggradiga alkoholister, vanetjuvar, och allra längst ner på skalan fanns ”Berglärkan” som arbetade i de ruffiga hamnkvarteren. Dessa kvinnor som allmänt kallades för

”strykfåglar” var brännmärkta i samhället och de fortsatte bli stigmatiserade här i fängelset. De var alla dömda att utföra tvångsarbete. Detta kunde vara att jobba på vallarna runt slottet, ta hand om fåren, sköta trädgårdsodlingarna eller arbeta i sysalarna. De fick även tvätta kavalleriets kalsonger eller sortera ärtor åt Weibulls. Symboliken var att de själva ansågs vara ”en dålig ärta” som skulle sorteras bort. De kvinnliga fångarna döpte anstalten till ”Pensionatet” och ”Högskolan” eftersom de fick lära sig mycket. När de arbetade på vallarna, stod stadens småpojkar och glodde på dem. Då lyfte flickorna på kjolarna och visade upp sina stjärtar i hopp om att få något i utbyte. Pojkarna byggde små båtar i vilka de satte cigaretter och tändstickor, i utbyte mot glimtarna. Kvinnorna bestraffades för minsta lilla, exempelvis om de olovandes plockade ett körsbär. Fångvårdsstyrelsen idé var att man skulle återanpassa kvinnorna och fostra dem till dugliga samhällsmedborgare genom bestraffning och arbetsträning.

Guiden pekade mot några fängelseceller och fortsatte.

— Här satt Karin, tjugofem år gammal. Hon var ett oäkta barn, uppvuxen i fosterhem. Mamman tog hem henne när hon var sju. Hon började umgås med pojkar, smittades av syfilis och fick en dotter som också var smittad och omhändertogs. Hon häktades, sa guiden.

Han fortsatte:

— Här satt en annan tjugofemåring, Inga, vars mamma dog i barnsäng. Hon flyttades runt i olika fosterhem, arbetade som spinnerska men blev smittad av syfilis av fästmannen och hamnade som gatflicka.

— I en av dessa celler finns fången som ni ska frita, fortsatte guiden och pekade mot de två våningarna och celldörrarna, de flesta stängda.

Henrietta rös av obehag. Det var många sorgliga historier och hennes hjärta blödde för de eländiga som hade suttit här.

— Avslutningsvis kanske ni alla har hört historien om änglamakerskan Hilda Nilsson. Hon satt i cell nr fem bakom trappan, där på nedre plan, sade guiden och pekade. I den cellen spökar det. Om det kommer några hundar hit på besök, vägrar de gå in i cellen och reser ragg. Så något mystiskt är det. Klockan hal sex på kvällen den tionde augusti hittades Hilda död i cellen. Hon hängde sig med en linneduk eller ett lakan som hon bundit fast i cellgallret framför fönstret. Hilda tros ha mördat sjutton barn genom att lägga dem i en badbalja och placera tunga objekt ovanpå, typ kolhink och tvättbräde. Sedan brände hon barnets kropp eller grävde ner den.

Nu kippade deltagarna efter luft.

— En gång om året droppar det blod från Hildas bibel, fortsatte guiden och pekade in i cellen.

Henriettas kropp vägrade förflytta sig framåt. Hon var stel och bortkopplad. I sitt inre såg hon tydligt Hilda Nilsson. Historien påverkade henne. Att den skulle få konsekvenser i hennes eget liv, hade hon ingen aning om men att det spökade där var Henrietta övertygad om. När hon närmade sig dörren till cellen, sveptes hon in i kyla.

— Varje år, på natten till dramat, rinner det blod ur den bibel som ligger uppslagen på vedkubben i cellen, fortsatte guiden. Kanske är det en skröna men spökberättelserna är alltför många för att inte tas på allvar.

Henrietta hade svårt att koncentrera sig och spela med i ”fångarna på fortet”. Det var som om hon hade fått en osynlig följeslagare.

***

Guiden klappade i händerna för att få åhörarna att återvända till verkligheten men det gick inte att ta miste om att de alla var påverkade av berättelserna.

— Och nu till befrielsen. Ni ska befria Jöns Jönsson i cell nummer tjugotvå. Håll till godo! Här är nyckelknippan. Lås upp men var beredd på att han kan vara aggressiv. Vem tar sig an uppgiften?

Gruppen sammanstrålade och diskuterade. De utsåg den tuffaste killen som kavat öppnade celldörren för kompatanten. Henriettas kollega hade tänkt smart och hade stoppat ett rött vackert äpple i fickan som han lirkade ut fången med.

Utfärden avslutades med applåder och de återvände till medeltidssalen där resten av kollegerna väntade. Samtliga grupper hade fått en kortversion av storyn med guidade turer under tiden.

Nu väntade bussen och omskakade tackade alla för sig och vandrade tillbaka till värmen i bussen för transport hemåt.

Henrietta och Qigong-kursen

— Du måste köra och handla, sa Anders.

— Ja, vi kan göra det så snart du har ätit frukost, svarade Henrietta och tittade på klockan som var närmare tolv.

När Anders hade ätit frukost tittade han in i köket där Henrietta satt och sa:

— Jag skiter i att följa med och handla idag. Du kan köra själv!

— Det är okej att du tänker så men jag tänker inte handla. Jag behöver ingenting. Om du behöver någonting, Anders, åker vi gemensamt.

— Nej jag går och lägger mig.

— Ska du börja sova nu igen? Har du inte sovit nog de senaste två åren? Om du inte skaffa dig rutiner kommer allt att gå utför. Det säger både läkarna, jag och dina barn.

Henriettas ilska vandrade genom kroppen som elektriska nålar upp till bröstet. Hon suckade tungt. Inget kunde hon göra åt detta. Det var en mardröm hon levde i. Vart hade hennes älskade Anders tagit vägen?

***

Henrietta lagade soppa och mörkret sänkte sig utanför. Hon hackade broccoli, blomkål, champinjoner och rödlök. En stor gryta med buljong fick sjuda med grönsakerna. När allt hade kokt en stund, mosade hon rubbet. Hon hällde i lite grädde och smakade av.

— Anders, ropade hon, kom upp nu och ät.

— Vad blir det till middag?

– Kom upp så får du se.

Anders kom stönande upp för trappan till köket. Han tittade mot spisen och såg soppgrytan.

– Du tror väl inte att jag vill äta soppa. Det är ju ingen mat. Då står jag hellre över.

– Jag kan bre dig några mackor.

– Det går inte för vi har inget bröd hemma. Du orkade ju inte köra till affären. Nu har jag ingen mat.

– Det finns knäckebröd.

Anders hade blivit som en fyraåring, trotsig och bortskämd. Hans sjukdom tog på Henriettas krafter. Sur som citron gick han tillbaka nerför trappan och kröp ihop i sängen som ett spädbarn.

Henrietta fixade undan disken och satte sig framför teven. När klockan var halv tio på kvällen, steg Anders upp igen. Utan ett ljud satte han sig i fåtöljen bredvid. Efter en stund frågade han:

– Tittar du på en inspelning?

Henrietta nickade.

– Ja, här har du fjärrkontrollen ifall du vill se något annat.

Sedan reste hon sig, gick ut i köket och satte sig vid köksbordet med ett korsord. Efter en stund ropade hon till Anders i vardagsrummet att hon gick och la sig.

En timme senare när Henriettas skulle släcka ljuset efter att ha läst i boken, kom Anders och la sig.

– Vad gör du imorgon? sa han.

– Det har jag ju berättat för dig. Då är jag på qigong-utbildning.

– Jaha, då får du väl ta bussen dit. Jag behöver bilen så att jag kan handla. Något som du kunde ha gjort idag om du hade varit en omtänksam fru.

Henrietta orkade inte svara.

Efter en stund vände sig Anders om och mumlade:

– Jag begriper inte varför du ska lägga tusenlappar på en qigong-kurs när du ändå inte utnyttjar din kunskap fullt ut.

Än en gång förblev Henrietta tyst. Det var inte lönt att argumentera. Han varken förstod eller ansträngde sig. Gnällde enbart.

Hon släckte ljuset med en tung suck.

***

Klockan sex på morgonen steg Henrietta upp, duschade, åt frukost, la makeup och förberedde sig för att åka i väg till utbildningen.

När klockan var åtta, hörde hon Anders larm. Det ringde i flera minuter och han vaknade inte. Hon ropade åt honom att det var dags att ta medicinen. Sedan stängde hon ytterdörren.

Hon satte nyckeln i billåset. Givetvis tänkte hon ta bilen. Anders tomma ord om att åka och handla, trodde hon inte på.

***

Qigong-kursen var vad hon behövde. Hennes kinesiska mentor gav henne och de andra deltagarna mängder med tankar kring kärlek.

— Att hela tiden känna kärlek för allt och alla, skapar balans i kroppen, sa han.

Henrietta var förvissad om att med hjälp av den mentala och fysiska träningen skulle hon må bättre. Det var med lätta steg hon gick till bilen efter första dagens kurs.

***

Henrietta öppnade dörren till ett kolsvart hus. Genast förstod hon att Anders hade blivit kvar i sängen och förmodligen sovit hela dagen. När hon steg in genom ytterdörren och tände ljuset såg hon att han hade varit i köket. Som vanligt hade han lämnat mat och dricka på soffbordet framför teven. Det såg svinigt ut.

Henrietta som, på utbildningen, hade lärt om kärlek, jobbade med att försöka uppbåda kärlek i den misär hon såg framför sig. Hon svalde tungt och gnodde sig i ögonen. Ilskan kliade i hela kroppen. Med en tung suck släpade hon in kassarna från affären. Hon hade handlat på hemvägen. Efter att hon plockat in maten i kylen, tog hon fram grytan med soppa från gårdagskvällen. Det fanns tre portioner kvar och hon gjorde snabbt ett överslag att där även fanns en portion till svärmor att frysa in. Sen slevade hon upp en portion i djup tallrik som hon värmde i mikron. Hon dekorerade med några kräftstjärtar och satte sig vid köksbordet i ensamhet och åt.

Inte ett ljud hördes från sovrummet. Hon bestämde sig för att låtsas att allt var som vanligt. Det var det närmaste kärlek hon kunde uppbringa i sin djupa sorg. Hennes kinesiska mentor hade gett henne en kram när hon hade berättat om eländet, tidigare under dagen. Han bad henne skicka healing till sin man och han lovade göra likaledes.

Henrietta hade fortfarande hopp. Ikväll var hon ovanligt pigg men hade början till träningsvärk. Hon satte sig i fåtöljen framför teven och tittade på en inspelning från en serie som hon brukade följa. När klockan var halv tio på kvällen bestämde sig för att ta en dusch. Kursen hade gjort henne svettig. Innan hon hann resa sig, kom Anders och satte sig i fåtöljen vi sidan om. Han sa:

— Jag har funderat en del på vad jag ska göra och kommit fram till att jag kanske borde ta upp det här med logen igen.

Han hade tidigare varit medlem i logen. Henrietta glodde storögt på honom, väntade på hans fortsättning.

— Gubbarna träffas regelbundet och kanske kan det vara någonting för att få i gång mig. Nästa möte är den fjortonde. Kör du mig dit?

— Klart jag gör, svarade Henrietta och tittade förvånat på honom.

Anders tummade på mobilen med information.

— Det står att jag kan förnya graden. Jag tror det blir bra. Jag hade tänkt gå på tisdagsmötet eller om det var ett kvällsmöte på onsdag i nästa vecka. Kan du även hämta mig efter mötet?

Henrietta log svagt och nickade.

— Nu går jag och duschar och sen lägger jag mig, sa hon och reste sig upp.

***

När hon på kvällen läste en roman, tänkte hon tillbaka på upplevelserna under dagen. Att alltid ge kärlek till allt och alla innebar en bättre värld. Frågan var bara, skulle hon orka? Skulle hon stå ut? Makens sovandet tog på krafterna och hon blev mer och mer bortkopplad. Hon älskade Anders över allting annat, men det var som om han inte längre var närvarande.

***

Morgonen därpå märkte hon direkt vid sextiden att Anders verkade aningen piggare. Kanske hade hans period av trötthet dämpats?

Henrietta gjorde sig ordning och åkte i väg för att fortsätta kursen. Kroppen skrek av träningsvärk.

***

Arrangörerna av kursen, en tjej och en kille, berättade om att de hade haft svårt att skaffa barn. Deras äldsta, som nu var femton år, deltog i kursen. De hade fått två barn trots att läkarna hade sagt att de aldrig skulle kunna få barn. Med hjälp av qigong tränade de båda upp bäckenbotten och hon lyckades efter cirka sex månader, bli gravid. Flera notiser i tidningarna informerade om detta fenomen.

Henrietta bestämde sig för att ringa Mia och berätta. Henrietta skulle rentav kunna skicka informationen som fortfarande fanns i digitala tidningar.

Henriettas tankar stannade kvar hos Mia. Hon ville så gärna hjälpa. Men begränsningarna fanns. Skulle de lyckas få sin efterlängtade baby?

Henrietta njöt av dagens träning. Att bli påmind om att arbeta mentalt inifrån kroppen, skapade förutsättningar för att må bättre. Hon bestämde sig för att kontakta Mia och berätta om möjligheten med qigong.

Handledaren lärde Henrietta ny visdom. På en whiteboard-tavla ritade han upp en ring. Han frågade alla vad de såg. Gruppen svarade homogent: en cirkel.

— Ja, sa handledaren, vi ser detaljerna men inte helheten. Det som ni ser framför er är en whiteboard-tavla med en cirkel. Oavsett om vi använder våra ögon för att se, och öron för att höra, missar vi det väsentliga. Idag ska jag lära er hur ni konstant kan befinna er i det vi kallar tystnaden. Tystnaden är bakgrunden. Att sova på ett hotellrum med en person som snarkar kan vara förödande. Jag har upplevt det själv. Vänt och vridit mig utan att somna på grund av den snarkande personen. Det var inte förrän jag förstod att jag var tvungen att lära mig se helheten i stället för detaljerna, lyssna på tystnaden i stället för ljuden. När vi lär oss att lyssna till tystnaden, har vi kommit långt i vår mentala värld. Samma sak gäller för det vi ser. Vi ser det som rör sig, saker som når och styr vårt synfält. Men vi ser inte helheten. Står du vid en väg, tittar du på bilarna som kör förbi men du ser inte vägen. Jag vill att ni föreställer er att ni passerar genom helheten, genom bakgrunden, och föreställer er att den består av små marschaller som brinner. Nu ska vi träna qigong. Ni ska få lyfta upp armarna men ska lyfta dem med kroppen. Från fotsulorna till hjärnan. Utan att använda en tanke. Hjärnan ska vara tom. Använd känslorna! Föreställ dig att du gör detta i ett tomrum där inget stör. Du skapar din rörelse i tystnaden. När vi har gjort övningen kommer jag att avsluta den med en stående meditation.

Så blev det. Alla gjorde övningen på ett bättre sätt än tidigare och insåg att kroppens leder och ligament såväl som benen styrde rörelsen. De avslutade med en meditativ, stående rörelse i total tystnad. Samtidigt störde handledaren dem medvetet så att de fick svårare att fokusera på tystnaden. Han knackade med pennor på olika delar av whiteboard-tavlan.

— När ni kan befinna er i tystnaden, sa han, utan att bli störda av ljuden, har ni kommit långt. Varje gång ni tillåter er att bli störda av ljud eller bilder utan att se helheten, utan att vara i tystnaden, får ert hjärta en chock. Den delen av ert liv ska ni eliminera.

Alla tränade i en och en halv timme. Då äntligen förstod de. Henrietta som arbetade med hypnos insåg att alla hade hamnat i självhypnos. Hon insåg att hon hade lärt sig något värdefullt, något som hon kunde använda för att hitta inre frid i sin svåra situation.

Efter en god lunch bestående av spagetti, italienska köttbullar, tomatsås och grönsaker var Henrietta stärkt till kropp och själ.

***

Kursen hade utvecklat henne.

Ett hastigt telefonsamtal hem, gjorde henne uppgiven. Anders svarade inte förrän hon ringde andra gången. Han sov trots att klockan var halv två på eftermiddagen. Dessutom hade han avbokat hemtjänsten som skulle promenera med honom.

— Varför? sa hon.

— Hade ont i benen och fötterna, svarade han surmulet.

— Nej inte nu igen. Anders, om du verkligen vill bli bra måste du promenera. Vädret är underbart.

Det var fjärde gången på kort tid som han avbokade hjälpen. Henrietta blev mer uppgiven, tog ett djupt andetag och återvände till kursen.

***

En av arrangörerna, berättade att han hade slutat med astmamedicinen efter tre veckor med qigong. Han och hans fru, arbetade i många år som utbildare för qigong. Hans fru berättade åter:

— Vi blev inte med barn trots två års försök och ett års östrogen. Men efter att ha besökt en av mästarna i Holland, fick vi övningar som gjorde att jag blev gravid. Cirkelrörelser, och benböj mot vägg, fem till tio minuter varje dag, var receptet. Affirmationer och intentioner. Vi satte målet att få barn. Trettio minuters övningar varje dag, avslutade hon samtidigt som hon grät när hon berättade om detta.

Mörkret sänkte sig. Det blev helsvart utanför fönstret trots att dagen inte var mer än fem på eftermiddagen. Andra kursdagen var över. Henrietta hade tränat och tränat. Dagen hade varit givande.

***

Hon satte sig i bilen i mörkret med en kropp som var avslappnad och mådde förträffligt bra men samtidigt var trött av den intensiva träningen. Rädslan var stor för att komma hem och hitta huset i mörker och maken sovandes i sängen. Skräcken grep henne och det var som om ett lejon försökte slita hjärtat ur kroppen. Hon fick ett tryck över bröstet och magont.

Tröttheten varslade om att hon skulle lägga sig tidigt. Kroppen var full med energi men samtidigt sunkig av rädsla.

Hon bestämde sig för att göra ett experiment vid hemkomsten. Att försöka framkalla all energi och ge healing till huset och till Anders. Idén lättade skräcken men det onda och illamåendet vägrade släppa taget.

Innan hon körde från kursområdet öppnade hon mejlen i mobilen. Inte nog med stressen för att åka hem, hon hade också fått en del negativa mejl. Allt satte sig som spikar i kroppen. Det var tur att hon var stark annars hade allt krackelerat där och då.

***

Bilarnas framlyktor sved i ögonen när hon sakta körde hemåt. Innan hon hade svängt ut på motorvägen har hon beslutat att ringa Mia. Hon behövde uppmuntran och någon att anförtro sig åt.

Mia och svaga hormoner

När Henrietta steg upp morgonen därpå, ringde hon Mia.

— Godmorgon Mia, hur är det?

— Jo, småsaker händer. Hur går det på kursen?

— Kursen är fantastisk. Du anar inte hur mycket jag har lärt mig mentalt.

— Berätta!

— Jag har exempelvis lärt mig vikten av att se helheten och inte fastna i detaljer. Under lunchpromenaden insåg jag att jag missade utsikten i Västra hamnen eftersom jag bara fokuserade på sopbilarna som körde på gatan. Under träningen gick jag dessutom in i självhypnos för att utestänga ljuden omkring mig.

— Det låter utmanande. Önskar att jag kunde lära mig det. Kanske du kan berätta mer när vi ses?

— Absolut! Värst var det när jag skulle åka hem. Då kom all sorg och oro över mig. Jag pratade med min handledare och berättade om min rädsla för att komma hem till ett kolsvart hus med Anders sovande. Min mentor gav mig tipset att 'heala' huset och Anders innan jag steg in. När jag väl kom hem, kände jag mig tom inombords.

— Fungerade det? Kom du på vad du skulle göra?

— Nej, det var som om hjärnan hade lagt av. Jag var vansinnigt trött efter dagens träning. Men jag frågade en av tjejerna på väg till parkeringen, och hon gav mig några tips.

— Funkade tipsen då?

— Ja, jag satt kvar i bilen och eldade upp mig, svarade Henrietta och drog på munnen. Jag hör hur löjligt det verkar.

— Men så bra. Inte låter det löjligt. Underskatta dig inte! Vad hände?

— Jo, jag skickade healing och när jag öppnade dörren, satt han framför teven. Lättnaden att han inte låg i sängen var enorm. När jag kom in, frågade jag om vi skulle äta. Nej, sa han, jag vill inte ha någon mat. Jag är så orolig, Mia, han äter inte.

— Åh fy så jobbigt.

— Jag värmer en paj, sa jag till honom. Men den ville han absolut inte ha. Det kvittade vad jag föreslog, han ville inte äta. Så vi var tillbaka på ruta ett. Jag struntade i honom och fixade avokado, kräftstjärtar, och ett knäckebröd med ost till mig. Unnade mig ett glas vitt vin också.

— Det gjorde du rätt i.

— Då kommenterade han att han har slutat dricka vin. Precis som om det vore syndigt. Jag frågade om han ville hålla mig sällskap med en macka. Men det ville han inte heller.

— Vilken surpuppa!

— Ja, jag bar in maten framför teven. Han satt och glodde på något program. När jag frågade om vi kunde byta kanal och titta på någonting gemensamt, kastade han fjärrkontrollen till mig. Du bestämmer ju alltid, sa han. Jag svarade att jag kunde läsa en bok i stället.

— Gjorde du det?

— Nej, jag satt kvar. Han sa att han var trött av att titta på teven. Inte konstigt när han ägnat två år att glo på eländet – dag och natt.

— Fy sjutton, vad jobbigt det är för dig. Du kan inte ha det så här. Henrietta, du måste göra något.

— Jag vet faktiskt inte vad jag ska göra. Men oavsett, så ville han att jag skulle välja program och sen började vi prata. Jag sa att jag tyckte att han skulle skaffa sig rutiner. Då blev han förbannad och gick och la sig. Så där satt jag själv en fredagskväll - igen.

— Nej, stackare.

— Ja det är trist att leva ensam i tvåsamheten, sa Henrietta och suckade. Han betonade, innan han gick till sovrummet att han inte orkade höra mitt tjatande. Han var sjuk och förbannad för att ingen förstod det.

— Men herregud, varför tar ingen tag i detta. Hjälper inte sjukhuset till?

— Nix, jag förklarade för honom att jag förstod att han var sjuk. Men att han behövde ta tag i saker och ting. Och att jag inte tjatade utan försökte få honom att inse att han som är så smart, borde kunna räkna ut vad rutiner och träning kan göra för honom. Då sa han att han började bli ännu mer glömsk än tidigare. Vet du Mia, det är som om han medvetet jobbar fram sjukdomen. Som om han anstränger sig för att bibehålla den. Jag förstår ingenting. Jag avslutade med att säga till honom att jag gör det här för att jag älskar honom. Och vet du, Mia, vad som då hände?

Tårarna rann nerför Henriettas kinderna, och rösten bröts flera gånger. Mia hörde hur ledsen hon var.

— Nej vad hände?

— Jo han sa att om jag verkligen älskade honom skulle jag hjälpa honom att dö.

Rösten stockade sig helt på Henrietta och hon kunde inte fortsätta prata. Mia förstod men visste inte hur hon skulle fortsätta samtalet. Hon tog ett djupt andetag och sa:

— Henrietta, det här går inte längre. Skingrar jag dina tankar om jag berättar om mitt helvete?

— Ja, tack, gör det!

— Vi har varit på många kontroller. Nu har det konstaterats att jag inte har tillräckligt starka hormoner för att vi ska bli med barn. Något verkar fel. Och min man har svaga spermier. Så det ser illa ut. Men du hade något tips till mig, förstod jag?

— Ja, jag ska visa dig några Qigong-rörelser som jag har fått veta fungerade för mina mentorer när de ville bli med barn.

— Det låter bra. När ska vi ses Henrietta?

— Vi kan träffas senare i veckan. Då får du berätta mer om eländet.

— Ja, väldigt gärna.

— Jag förstår att ni har varit på fertilitetskliniken. Var det jobbigt?

Mia svarade inte men suckade tungt.

— Så mycket onödigt vi alla måste gå igenom, fortsatte Henrietta. Ibland undrar jag varför. Men det finns säkert en förklaring. Kanske är det så att vi bör vara mer tacksamma. Vad tror du?

— Ja, kanske det, viskade Mia.

När Henrietta lade på luren var hon tom. All energi hade runnit ur henne, och hon var övertygad om att Mia kände likadant. Henrietta bestämde sig för att vara kvar i bubblan - då slapp hon tänka och fatta tunga beslut.

***

Nästa dag när Henrietta körde till kursen, var vädret grått och trist. Hon var fortfarande tom i huvudet. Regnet smattrade mot rutan och fick henne att huka sig. Hon körde mot ett grått Malmö längs med gråa motorvägar. Hennes kropp kändes som en flaska där innehållet hade dunstat bort. Tur hon skulle få fylla på med qi under kursdagen. I vanliga fall var hon kreativ, och hon hoppades innerligt att hon skulle orka. Frågan var vad nästa steg skulle bli. Hon ville ta tag i problemen och hitta nya lösningar i stället för att fastna i eländet. Skulle allt lösa sig på sikt?

Utbildningsdagen var framgångsrik. Hon lärde sig hur hon skulle fylla sitt hus med qi. Dessutom fick hon träna i femtio minuter med en stående meditation som gjorde att hennes kropp och själ stärktes.

På eftermiddagen, under fikapausen, ringde hon hem till Anders.

— Det är en dålig dag idag också, sa han och stönade. Jag har mått skit, hela dagen.

Henrietta gjorde som hon hade blivit lärd - hon sände kärlek på distans utan att kommentera. När hon märkte att Anders lyssnade sa hon:

— Du vet vad jag har sagt. Du behöver rutiner, komma ut och röra på dig, få energi. Utan energi fungerar inte din kropp och då mår du dåligt, tror jag.

Hon märkte att hon inte nådde fram till honom och lämnade diskussionen.

– Jag tänkte köpa med mig färdig mat hem. Vad vill du ha?

– Köp vad som helst, svarade Anders ointresserad.

– Du måste bestämma dig för vad du vill ha. Jag kan inte gissa mig till det, även om jag skulle vilja. Så vad vill du ha?

– Köp något grillat, svarade Anders svävande.

– Jag hade inte tänkt köra in på ICA. Kan du tänka något annat?

– Ja, köp korv och mos till mig. Det kan jag tänka mig.

Henrietta lovade att handla. Själv var hon sugen på sushi och hoppades att restaurangen var öppen. Det skulle bli intressant och se hur kvällen utvecklade sig. Hon tänkte lägga sig tidigt, kanske med en god bok.

Henriettas elände

Det hade varit en strålande dag. Henrietta återfick energin efter femtio minuters stående meditation. Handledaren på kursen tränade dem både i qigong, healing och qi-fält. Detta var verktygen som Henrietta behövde. Låta hjärtat jobba med kärlek och inte bli irriterad.

***

Strax innan hon körde hem på kvällen ringde hon till Anders och frågade vad han ville ha äta. Återigen fick hon köpa färdiglagad mat. Hon skulle inte orka stå vid spisen när hon kom hem. Anders hade inte ätit lagad mat på över en vecka. Som tur var älskade han mackor så lite mat hade han fått i sig.

Henrietta körde i det strilande regnet och stannade till vid en av restaurangerna i byn.

Som vanligt när hon öppnade dörren till ett kolsvart hem, stack en tagg i hjärtat men hon bestämde sig för att nonchalerade den och bli kvar i sitt goda välbefinnande.

— Kommer du upp och äter någonting med mig? ropade hon så snart hon stängt ytterdörren.

Inget svar.

Hon upprepade frågan.

— Nej, jag kommer inte upp. Jag bryr mig inte, svarade Anders med svag röst och suckade tungt.

Henrietta insåg att hon skulle sitta ensam denna lördagskväll. För att bibehålla den inombords sköna stämningen valde hon att inte ta in budskapet. Hon satte sig vid köksbordet med ett glas vin. Tog fram ett korsord och lokaltidningen som precis hade landat i brevlådan. Sedan plockade hon fram paddan, spelade några omgångar spel för att skingra tankarna. Hon visste att det var en medveten flykt. När klockan var sju satte hon på teven och dukade fram maten som hon värmt i mikron. Ännu ett glas vin fick henne att koppla av. Hon kikade på programmet ”Vem vet mest”. Henrietta gillade frågeprogram. Tröttheten tog ut sin rätt. Hon bestämde sig för att titta på ett avsnitt av ”Morden i midsommar” innan hon gick och lade sig.

När klockan var tio plockade hon undan och gick ner i sovrummet. Då hade Anders vaknat och tänt ljuset. Han satt upp i sängen.

– Helt plötsligt känner jag mig lite piggare, sa han. Och jag är faktiskt hungrig.

Henrietta log. Vilken tillfällighet eller var det energierna?

Hon satte sig vid sidan om honom i sängen och berättade att de hade ägnat dagen åt healing. Anders visste att hon redan kunde denna konst. Nu visade hon honom hur de hade gjort och att han själv kunde ge sig healing.

– Skulle jag kunna ge mig själv healing?

Han tittade förvånat på henne.

– Ja faktiskt. Så här gör du! Du börjar med att skapa en energiboll. När du känner att det kittlar i fingrarna, har du format energi mellan händerna. Lägg ditt fokus där och stoppa tankarna.

– Ja, det är ju lätt att säga men hur gör jag?

– Det krävs träning, Anders. Träna varje dag så ska du se att det blir bättre. Min högsta önskan är att vi börjar morgonen med en liten övning. Sedan kan vi gå en promenad tillsammans. Därefter går vi hem och äter frukost. Visst skulle det vara underbart?

Anders svarade först inte, sedan sa han:

— Jag kan inte svara, varken ja eller nej. Vissa dagar tycker jag att någonting är kul men i nästa minut är det piss-tråkigt. Häromkvällen snackade jag om för dig att jag kunna tänka mig att börja i logen igen. Idag tycker jag att det var det sämsta idé som jag har haft. Jag vet att det är ombytligt men det är som om jag inte kan styra tankarna.

— Nej, och kanske just därför behöver du träna lite mer. I stället för att tänka.

Henrietta fortsatte visa. När han märkte att det kittlade i fingrarna och förstod att han hade energi mellan händerna, visade hon honom hur han skulle lägga dem på huvudet.

— Du placerar dina händer där du vet att du har behov av dem eller ont. Ibland kan du lägga dem på benen. Depressionen kommer från hjärnan. Så lägg dem där. Fokusera på känslan. Testa!

En stund satt han så. Det rörde sig inte om många minuter men var ett framsteg. Henrietta slogs av en tanke. Kunde det vara så att allt hon lärt sig under åren var för att hjälpa Anders i hans svåra situation?

— Du vet att jag berättade för dig att jag fick tips om att kontakta en doktor som idag jobbar mer med funktionsmedicin en skolmedicin.

Anders nickade.

— Jag gjorde det. Skrev ett mejl och berättade kort om din situation och frågade om hon hade tips som kunde hjälpa. Tro det eller ej, men igår fick jag svar via mejl från henne. Hon tipsade om en klinik i Malmö som specialiserat sig på någonting med en ozonbehandlingsmetod. Jag tänkte ringa dem och höra lite mer. Vi bryr oss inte om kostnaderna. Läkaren sände mig en länk som vi gemensamt kan titta på, kanske imorgon kväll när jag kommer hem.

Anders nickade men verkade inte sugen på att testa. Å andra sidan var han motståndare till det mesta och upplevde allt negativt.

Henrietta suckade.

— Du verkar lugnare, Anders. Jag märkte det redan igår. Vad skönt om qigongen kan hjälpa dig. Och vet du? Jag har inte hört dig snarka på hela tiden. Du brukar alltid snarka. Givetvis gör du ljud ifrån dig när du sover men du snarkar inte. Kroppen verkar lugnare.

Han gav henne en kram och reste sig. Gick trappan upp till köket för att bre några smörgåsar. Hon hörde att han satte sig framför teven. Själv gjorde hon sig i ordning för natten, tog sin roman och la sig.

Hon vaknade en stund senare. Redan efter några sidor hade hon somnat. Anders var fortfarande uppe. Hon lade undan boken och släckte ljuset.

***

Nästa morgon körde hon tidigare in till Malmö. Hon hade bestämt sig för att hitta en kursplats längst fram. Det var bättre och mildare väder men regnade fortfarande. Hon undrade hur dagen skulle bli. Och lovade sig själv att ringa Mia så fort hon fick tid över.

***

Vilken utbildningsdag. Henrietta var rörd och tagen. Handledaren hade inte bara undervisat i meditation, mindfulness, qigong och healing utan även delat med sig av att det viktigaste; att känna kärlek och att ge kärlek för att göra världen till en bättre plats.

Nu var hon mör i kroppen. Hon hade tränat åtta timmar per dag, både med qigong, självhypnos och meditation. Under eftermiddagen hade de gjort ett trettio minuters stående meditationspass.

Skrattande hade hon förklarat för handledaren att varje gång hon gjorde träningen eller meditationen, somnade vänster stortå. När hon var klar, var det svårt och väcka den. Det blev mycket skratt men också flera känslosamma ögonblick.

Kursen avslutades med att alla satt i en stor ring och ett femtiotal människor tackade för dessa fantastiska undervisningsdagar. Många berörda hade svårt att tala, gråten låg på lur. Nybörjarna hade fått insikter för livet, berättade de. Henrietta avslutade rundan. Hon berättade om mardrömmen med en sjuk man som inte fick hjälp via vården, att han hade sovit i två år, och inte åt som han skulle. Sen avslutade hon med tacksamheten att få ta hand om sig själv dessa dagar. Att ge sig själv healing, något som hon hade glömt på grund av att rädslorna hade slagit klorna i henne och att hon kände ilska och vanmakt. Hon hoppades kunna fortsätta träna varje dag, meditera och stärka sitt hjärta, sin kärlek till allt och alla, men framför allt till maken.

När kursen var slut och hon stod i korridoren för att ta på ytterkläderna, var det många som kom fram och kramade om henne. Styrkekramar som hon behövde.

Flera gånger under dagen hade hon ringt hem men utan att få svar. Det var Farsdag och ena dottern hade sagt att hon skulle åka hem med lite fika. Men Anders hade avböjt förslaget. Han ville inte ha någon där, varken barn eller barnbarn, ville bara fortsätta sova.

Rädslorna poppade upp inom Henrietta.

Hon testade att ringa innan hon satte sig i bilen för att köra hem. Äntligen svarade han.

— Vad vill du ha att äta, Anders? Ska jag köpa färdig mat med mig hem även idag. Klockan är mycket.

Historien upprepade sig. Han ville inte ha någon mat.

Henrietta misstänkte att hon åter skulle komma hem till ett kolsvart hus. Eftersom hon själv hade ätit lunch och inte var hungrig, beslutade hon sig för att köra direkt hem. Det fick bli en fika och en knäckemacka på kvällen. För att skingra tankarna slog hon telefonnumret till Mia. Bättre att hon fokuserade på någon annan än sig själv och sitt elände.

Mia och missfallen

— Hej Mia, berätta lite hur du har det! Har du något positivt att berätta? Jag skulle behöva höra några uppmuntrande saker.

— Nej, tyvärr är det svart, även här. Deprimerande och tråkigt. Jag tänker hela tiden på mina missfall. Så många gånger jag har trott att 'nu äntligen', men sen förlorar jag barnet. På något mystiskt sätt ökar rädslan varje gång. Jag vill inte bära omkring på eländet men det bara finns där.

— Jag förstår hur du menar. Det är inte lätt att bli av med rädslorna som styr oss. De sätter taggar i kroppen och får hjärtat att frysa till is. Jag har lärt mig hur jag med hjälp av meditationer, qigong-träning och healing kan skapa positiv energi. Jag vill vara kvar i den bubblan och känna ett lugn. Om du vill så kan jag lära dig. Vi kan göra det tillsammans. Vi behöver båda affirmera för en positiv framtid.

— Ja, tack ska du ha, Henrietta, det skulle jag behöva. Låt oss träna tillsammans. Hjälp mig att släppa negativa tankar kring alla missfall. Jag har inte berättat för dig hur många missfall jag faktiskt har drabbats av. Mitt hjärta blöder när jag tänker på möjligheten att få en baby. Längtan är enorm. Överväldigande. Någonstans inombords finns det svarta tankar som säger åt mig att jag inte är värd ett barn. Kan du hjälpa mig att bli av med dem?

— Ja du, det är inte lätt att stänga tankar men det går. Jag har jobbat med detta i många år. Låt mig få hjälpa dig. Negativa tankar är svåra att få bukt med. Jag tror att vi behöver planera gemensamt. Låt oss börja redan i morgon. Vi behöver både träning, mental avslappning med healing och meditation. Samtidigt kan jag lära dig rörelserna som kan påverka och hjälpa dig att nå din dröm.

— Jaaa, ropade Mia glatt. Gärna!

— Men jag behöver starta morgondagen med att ringa några samtal. Jag ska försöka att dra i några trådar för att hjälpa Anders bli piggare.

När Henrietta avslutade samtalet, märkte hon att hon själv hade blivit lugnare. Den inre strategin hade skapat hopp. Skulle hon kunna hjälpa Mia? Och skulle hon kunna hjälpa sig själv och Anders?

Tiden fick utvisa.

***

När Henrietta parkerade bilen på uppfarten såg hon att månen var full. Det var som om han betraktade henne för att se om hon menade allvar, för att ge henne mental styrka och energi från universum.

Huset var kolsvart som en källare. Iskylan spred sig nerifrån och upp men hon var fortfarande varm i hjärtat efter dagens träning. Hon bestämde sig för att negligera kylan och ge huset ett qi-fält som gjorde det varmare och mer välkomnande. Att bibehålla kärleken när skräcken slog klorna i henne, krävde all hennes styrka. Men hon skulle lyckas. Framför allt fick hon inte bli arg. Ilskan skadade henne. Hon ville inte förvandlas till bittermandel.

Känslan av tyngdlöshet påminde henne om minnet då hon hade flugit luftballong. Hon hade fått detta i födelsepresent. Aldrig skulle hon glömma upplevelsen, tystnaden högt däruppe. Dagarna på kursen hade varit som att vara i luftballongen där brännarna hade varit det enda som hördes och skapade värme fyrahundra meter upp i himlen. Tystnaden var underbar. Den hade hon upplevt vid föräldrarnas stuga i Norge, invid en sjö i total avskildhet. Känslan skulle hon behålla för att orka och för att lägga all negativ energi bakom sig.

Mia och provrörsbefruktningen

Mia och Stefan hade nästintill gett upp. Vid besöket hos läkaren på IVF, hade de börjat fundera över provrörsbefruktning.

— Det innebär tre steg, förklarade läkaren. Befruktning, embryo-odling och embryo-överföring. Vi genomför detta under laboratorieförhållanden.

— Exakt hur går det till, viskade Mia.

— Vi samlar in dina äggceller och lägger dem i en odlingsskål tillsammans med dina spermier, Stefan.

— Jaha, mumlade Stefan.

— Men det är en speciell process innan, fortsatte läkaren. Först måste äggstockarna stimuleras. Våra erfarna läkare, psykologer och skötare samarbetar med laboratoriepersonalen och tar väl hand om er.

— Hur lång tid tar det, frågade Mia som nu hade börjat bli nyfiken.

— Ja det beror på ... Låt mig förtydliga! Under en normal menstruationscykel mognar och lossnar en äggcell i äggstockarna, medan övriga äggblåsor som har börjat växa tillbakabildas. Inför provrörsbefruktningen genomgår du en hormonbehandling. Målet med behandlingen är att flera av de äggblåsor som för närvarande håller på att utvecklas växer och de äggceller som blåsorna innehåller mognar och blir befruktningsbara.

— Så jag behöver starta med hormonbehandling?

— Ja, precis. Hormonbehandlingen planerar vi in. Den tar två till fyra veckor.

— Hur går den till, frågade Mia.

— Hormonerna ges genom injektion under huden. Vi undersöker hur behandlingen framskrider med hjälp av ultraljudsundersökningar och blodprov. Under hormonbehandlingen kan du leva som vanligt, arbeta och utöva fritidsintressen.

— Jaha, och när den är klar, vad händer då?

Mia gned sig i ansiktet när värmen av rodnaden spred sig långt ner på halsen. Stefan glodde ner på skorna. Hon kunde inte avgöra om det var på grund av genans eller ointresse.

— Sedan samlas äggcellerna in från äggstockens äggblåsor. Ingreppet görs med en tunn nål och genom ultraljudsstyrning via vaginan. I samband med insamlingen av äggcellerna får du intravenös smärtlindring och lokalbedövning av slidbottnen.

Mia rynkade pannan. Det lät obehagligt men hon var beredd. Allt för att uppnå drömmen.

— Efter att äggcellerna har samlats in får du vara kvar på kliniken för observation några timmar. Du blir sjukskriven den dagen och två dagar efteråt. Efter insamlingen kan färska äggceller användas i en provrörsbefruktning eller frysas för senare behandling, fortsatte läkaren.

— Okej, sa Stefan dämpat och tittade äntligen upp på läkaren. Och när kommer jag och spermierna in i bilden?

— Du kan lämna spermier samtidigt om du vill. Alternativt, om vi fryser ner äggcellerna, kan detta senareläggas. Det är upp till er båda. Diskutera och besluta er för hur ni vill göra. Så tar vi det därifrån.

Mia tittade på Stefan men kunde inte tyda hans ansiktsspråk.

— Vid embryo-odlingen och befruktningen följs utvecklingen stegvis. Vanligtvis befruktas sjuttio procent av äggcellerna i odlingsskålen. Av de befruktade äggcellerna utvecklas trettio till femtio procent till embryon av god kvalitet. Befruktningen av äggcellerna kontrolleras sexton till tjugo timmar efter att könscellerna har sammanförts. Det är faktiskt möjligt att överföra embryot till livmodern i det här skedet, men efter att embryona har odlats längre kan man tillförlitligare välja ut det embryo vars graviditetsprognos är bäst och överföra till dig, Mia.

Mia nickade och såg nöjd ut. Kanske fanns det ändå hopp för dem?

— Det vanligaste är att embryona odlas i laboratoriet i två till tre dagar. De odlas till delningsfasen, då de bästa embryona är fyrcelliga, och tre dagar gamla embryon är åttacelliga. Ibland är det fördelaktigt att fortsätta embryoodlingen i fyra, fem dagar fram till det stadium då groddblåsan har bildats. Möjligheten till graviditet kan förutsägas utifrån embryonas utvecklingsschema och utseende. Det bästa av embryona med god prognos väljs ut för färsk överföring och de kvarvarande embryona av god kvalitet fryses för framtida överföringar.

— Och hur gör ni överföringen, frågade Mia.

— Embryoöverföring är en åtgärd där ett embryo överförs till livmoderhålan. Embryoöverföringen sker med hjälp av en kateter och ultraljudsstyrning. För att undvika graviditeter med flera foster, överförs endast ett embryo i taget. Jag bestämmer hur många embryon som ska överföras efter en diskussion med er. Hormonbehandlingen fortsätter.

— Hur stor är chansen att det lyckas, frågade Stefan som äntligen verkade intresserad.

— I genomsnitt leder trettio, fyrtio procent av embryoöverföringarna av färska embryon till en klinisk graviditet. Två veckor efter överföringen kan ni göra ett graviditetstest. Om graviditetstestet är positivt görs den första ultraljudsundersökningen cirka fem veckor efter överföringen. Om graviditeten framskrider normalt fortsätter kontrollerna av graviditeten på mödrarådgivningen. Är ni intresserade?

Paret tittade på varandra, sedan på läkaren och nickade energiskt.

— Då föreslår jag att vi planerar gemensamt.

***

På vägen hem, snurrade Mias tankar. Skulle detta lyckas för dem? Varken Stefan eller Mia talade med varandra. Var och en satt i egna tankar.

Ante - Ett spännande besök

En av Henriettas kollegor hade bokat upp Ante, en känd transcendental energihealer, demon-jägare och regressionsterapeut för föreläsning i byn. Ett trettiotal deltagare hade bokat plats.

— Vilken spännande kurs, sa Henrietta till kollegan. Suverän idé, tack.

***

Det var en annorlunda och spännande kväll. Instuvade i ett rum i kontorshuset satt deltagarna hopträngda. Några talade viskande med varandra, andra tittade ut genom fönstret. Henrietta och hennes kollega satt i mitten av rummet. Ante var inne i ett slutet rum och mediterade.

När han dök upp på scenen blev det tyst. Trettio förväntansfulla ansikten riktades mot honom. Han ställde sig framför dem och började berätta. Alla fick ta del av hans liv. Han berättade att allt hade börjat när hans fru hade läst en bok om tidigare liv och helande kraft.

— Då vaknade mitt intresse på allvar. Boken, skriven av en känd psykolog, gav mig tips om upplevelser kring hypnos. Jag surfade på nätet för att lära mig mer. Hittade en del meditationer. Min fru gav mig en fysisk kurs i födelsepresent. Kursen ”Tidigare liv – regression” kördes på Svenska Hypnosskolan.

Ante hade fångat intresset hos samtliga på kursen och alla stirrade nyfiket på honom.

— Efter kursen blev jag diplomerad hypnoterapeut. Ställ gärna frågor, avslutade han inledningen och tittade på deltagarna.

Det var tyst och stilla i lokalen. Efter några sekunder räckte en kvinna upp handen och frågade:

— Vad exakt är hypnos? Kan du berätta mer om det?

— Ja, det är faktiskt ett fenomen som ni alla upplever flera gånger om dagen. Du märker det tydligast när du ska somna, precis mitt emellan sovande och vaken. Det är hypnos. Via hypnos lär du dig upprätta kommunikation med ditt undermedvetna. Om du tittar dig omkring ser du flera personer som arbetar med hypnos, sa Ante och slog ut med handen och pekade på Henrietta och hennes kollega.

— Hur går det till, undrade en annan kvinna.

Ante gillade att få kontakt med publiken och log stort.

— Vi kommunicerar med vårt undermedvetna via inre bilder. Bilderna hjälper oss frigöra oanade, inre resurser. När vi mäter, kan vi se att de inre bilderna orsakar motorisk aktivitet. Det är dessa bilder som gör att vi kan röra oss, gå eller ta i något utan att vi medvetet styr våra lemmar och aktiviteterna. Eftersom det är ett naturligt tillstånd kan du försätta dig själv i hypnos. Du kan göra detta liggande, sittande, stående och så vidare.

Henrietta tänkte på Qigong-kursen som hon hade deltagit i. Där fanns två herrar som aldrig tidigare hade tränat qigong och de förstod inte att handledaren hade försatt dem i hypnos. Men när de berättade om sina upplevelser och båda började gråta, visste Henrietta att det var bevis på att det hade fungerat. Ofta blev människor antingen fulla av skratt eller gråt.

Ante fortsatte:

— Vi fick bland annat testa hur vi i hypnotiserat tillstånd rörde ögonen, något som de mätte, på ett sätt som ingen människa kan göra i vaket tillstånd. Där blev jag fast och startade min andliga utforskning. Till en början var jag skeptisk. Efter några dagar började vi träna på regression och jag lärde mig gå från det ena livet till det andra.

— Men hur ska man kunna mäta att det är sant, undrade en annan deltagare.

— I mitt fall blev det tydligt. Jag fick beskriva huset, trädgården, dammen med näckrosor och hästen med vagn och kusk, som jag såg för mitt inre. Min handledare frågade efter mitt namn och jag kunde ge honom det. Sen fick jag beskriva utifrån en mental karta var platsen låg. Jag berättade att det var en dagsritt från London. Ni kan tro att jag var omtumlad efter den upplevelsen, både glad och ledsen. Efter det tog vi datorn till hjälp och sökte på namn, plats och tid. Allt det som jag hade definierat med hjälp av klädseln.

— Det låter spännande men lite för bra, för min smak, viskade en deltagare som satt långt bak.

Ante hörde kommentaren och vände sig till deltagaren.

— Ja, så kan tyckas men jag lyckades få tag på flera dokument som bevisade detta, trots att det hade hänt på sjuttonhundratalet. Dokumenten finns på ett känt universitet i England. Där fanns också tydliga bilder på huset och jag kände genast igen mig. Mer behövdes inte för att jag fastnade och faktiskt trodde på vad jag hade upplevt. Jag vet att det är underligt och lite skrämmande. Efter det var min nyfikenhet väckt. Och under utbildningens gång fick jag uppleva att en del deltagare bytte röster.

Henrietta tittade på kollegan som nickade. Både hon och Henrietta tänkte på en hypnoskurs som de gemensamt hade deltagit i. Den gången hade kursen hållits av en känd person från Skottland. I sjukhus i Skottland och Schweiz är det okej att ta hjälp av hypnos. På den kursen hade en deltagare varit en kille som de båda kände väl. Han var en person med båda fötterna på jorden, trots tragiska upplevelser i livet. Men döm om deras förvåning när killen, under hypnos, gråtande berättade om hur han fick allergi mot katter. Han blev sex år gammal och rösten förändrades totalt.

— Som ni förstår blev jag djupt tagen av upplevelserna och fortsatte min mediala utbildning, fortsatte Ante. Det blev fördjupning i meditation. Efter utbildningen har jag praktiserat healing med strålande resultat. Därefter gick jag över till frigörande energier från blockeringar. Detta ligger nu till grund för hur jag jobbar idag.

Det blev en kort paus och alla försåg sig med vatten. Därefter startade Ante nästa del i föreläsningen, den del som han kommit för att vara behjälplig med.

— Då börjar vi! Jag vill att någon av er, som vågar och kan, kommer upp till mig. På så sätt kan jag visa er alla, hur jag jobbar. Passa på, ta tillfället i akt!

En äldre dam sträckte upp handen och berättade:

— Jag har haft ont i magen de senaste tjugo åren. Ingen läkare kan hitta något fel på mig. Först trodde de att det var gallan eller tarmarna. Jag har provat allt men har fortfarande ont i magen. Du får gärna hjälpa mig.

Ante tog upp henne på podiet och började ställa frågor samtidigt som han kände i luften runt hennes kropp.

Efter en stund konstaterade han att hon hade dragit på sig ”något” som hade ”fastnat i tarmarna”.

De flesta tittade sig omkring med förvåning hos flertalet. Det var inte många som trodde på vad Ante sa och gjorde, enligt deras ansiktsuttryck.

Damen, däremot, sa att hon kände en enorm lättnad och att det onda i magen försvann.

Nästa person steg upp till Ante.

— Jag har ständigt ett tryck över ryggen, sa hon.

— Har du märkt att vissa dörrar i huset stängs av sig självt, frågade Ante.

Deltagaren bekräftade detta med en genererad nickning.

— Det är säkert någon gammal energi som förföljer dig, sa Ante.

Tveksamheten i gruppen var fortfarande stor med höjda ögonbryn och skakningar på huvuden.

Så höll det på under kvällen. Henrietta bestämde hon sig för att konsultera Ante dagen därpå. Då hade han några sittningar innan han skulle resa hem.

***

Henrietta kom till Ante dagen därpå och försattes i hypnos. Hon hade berättat om problemet med sin hosta.

— Jag hostar nästan tills jag kräks. Nyser också tills jag tappar andan, sa hon. Jag har provat allt för att få stopp på eländet. Ett tag trodde jag att det var trycksvärtan från morgontidningen och la den i ugnen som jag hade fått tips om. Men inget har hjälpt.

Ante ställde frågor till henne efter att han försatt henne i hypnos.

— Kan du titta på din klädsel, frågade han.

Henrietta tittade ner.

— Jag är klädd i vadmalsbyxor med hängslen, stora klumpiga trätofflor som är matta av något stoft. Jag lyfter en säck och halar upp den på ryggen för att gå ut ur byggnaden. Det verkar vara en mölla.

— Aha, sa Ante, det beror på att du, i ett tidigare liv, har varit mjölnare och hostan kommer av att denne mjölnare har börjat följa med dig i kroppen.

Ante bad mjölnaren avlägsna sig. Sedan fortsatte de ytterligare en stund med andra regressioner som Henrietta insåg mycket väl kunde stämma överens med de upplevelser som hon bar på.

När tiden var ute, bokade hon ytterligare ett besök eftersom Ante skulle komma ner igen till Skåne om cirka en månad.

Dagen efter konstaterade Henrietta att hon inte längre hostade. Till och med Anders noterade att hennes hosta var borta. Märkligt!

***

Efter en månad var det dags för återbesök med Ante.

— Hur har det gått, frågade Ante.

— Jag har varit fri från hostan och nysningarna. Omgivningen och min man Anders har också noterat att jag har slutat hosta och nysa om mornarna.

— Strålande! Har du något annat du vill ta upp?

— Ja, till min stora sorg har min väninna Mia berättat att hennes första försök med provrörsinseminationen har lyckats men hon fick återigen missfall. Det är så sorgligt och nu börjar Mia misströsta. Hon vet inte längre om hon orkar fullfölja behandlingen. Kan du tipsa mig om något som jag kan berätta för Mia?

— Vet du, Henrietta, jag vill hjälpa din väninna. Och jag tänker använda dig som mellanhand och bro för detta.

Han försatte Henrietta i hypnos och sedan ställde han en del frågor.

När de var klara hade Henrietta fått följande budskap med sig från Ante.

— Gå hem till Mia, sa han, och fråga henne om hon minns kyrkogården i Thailand. Hur hon hängde över ett vitt staket och tittade på en grav. I den låg ett stort antal barn begravda och hon diskuterade detta med maken. Det är därför som hon, av någon anledning, bär på kunskapen att förlora barn. Be henne diskutera med maken och tala sedan om för henne att hon kommer att få en son. Hon kan vara lugn. Det fixar sig.

Med de orden, lämnade Henrietta rummet. Henrietta var mycket tveksam till vad han sagt men visste att Mia hade rest en del med maken innan de gifte sig. Nyfikenheten slog till. Kunde detta verkligen stämma? Det var som att få ett brev från framtiden.

Henrietta och Långholmen

Henrietta åkte på konferens till Stockholm där hon skulle bo på Långholmen. Byggnaden, som tidigare varit ett känt fängelse, var placerat på en långsmal ö i Stockholm och var nu ett hotell. Förr i tiden fanns här magra betesmarker mellan kala berg. Under 1800-talet fann man en silverskatt med tyska mynt, präglade på 900-talet. Historiens vingslag var tydliga. På medeltiden hölls, enligt upphittade dokument, ett möte här med Sveriges riksråd. Gustav Vasa kom dit med sina trupper 1523. År 1622 inrättades en sjötull här som var verksam till mitten av 1800-talet. Staten förvärvade gården 1724 och omvandlade den till ett spinnhus, en straffanläggning för kvinnor.

Henrietta funderade. Det verkade ödesbestämt att hon ständigt kom i kontakt med kvinnofängelser. Något som hon inte kunde ta på, försökte förmedla något till henne.

Fängelset fungerade i 250 år och många av fångarna planterade 3.000 träd på den gröna ön. 1975 upphörde fängelseverksamheten, byggnaderna förföll och en del måste rivas. 1989 startades Långholmens Hotell.

***

Henrietta gick en runda i byggnaden när hon anlände. Där fanns en shop i vilken de sålde klassiska randiga fångdräkter. Ett roligt påhitt.

Maten var god och hon trivdes. Ändå oroade hon sig för natten. Med all anledning; hon skulle inte få många timmars sömn första natten.

Cellerna som var omgjorda till hotellrum låg i klassisk fängelsemiljö med trappan mellan våningarna. Henriettas inkvartering bestod av en liten enmanscell med en fönsterglugg djupt inbäddad i stenväggen. Visserligen hade de hängt upp gardiner, men det var inte svårt att föreställa sig hur fångarna längtansfullt hade kikat ut. Sängen var förmodligen skönare än deras slafar. Dessutom hade hon en bekvämlig toalett med dusch på rummet. Ett fast väggmonterat bord fanns på andra sidan samt en liten svart skinnstol.

Det spelade ingen roll att det fanns bekvämligheter. Vingslagen var tydliga och Henrietta vred och vände på sig hela natten.

***

När morgonen kom, hade hon inte fått många minuters sömn. Det skulle bli en tuff dag. Tur att det var intressanta föreläsningar. Hon skulle ge järnet för att utvecklas, trots sömnbristen. Kanske skulle natten därpå, bli bättre.

Hela dagen gick tankarna till djupet av att hon åter befann sig på ett fängelse. Det måste betyda något – en signal. Frågan var bara vad?

Mia och kyrkogården i Thailand

Några dagar efter hemkomsten från Långholmen, ringde Henrietta till Mia.

— Det är lite skrämmande, men minns du att jag berättade att jag träffade en hypnotisör vid namn Ante? sa Henrietta efter inledningen av samtalet.

— Ja ..., svarade Mia tveksamt.

— Nu ska du få höra något mystiskt, fortsatte hon och hoppades att orden skulle falla rätt. Ante visste att du, Mia, har varit i Thailand, trots att han inte visste exakt vem du är. Jag nämnde enbart att det gällde en vän och lite om dina problem.

— Va, stönar Mia.

— Stämmer berättelsen att ni var vid en kyrkogård och tittade på en barngrav när ni var på semester i Thailand?

— Jag vet faktiskt inte, Henrietta. Minns så dåligt vad som hände där eftersom jag blev sjuk. Jag fick feber, som du kanske minns att jag berättade.

Henrietta blinkade och grunnade. Hon hade ett vagt minne av att Mia hade fått någon virussjukdom som spreds via myggor. Det fanns inget vaccin för infektionen.

— Ja nu när du påminner mig, minns jag. Hur började den egentligen, Mia?

— Jag blev röd i ögonen, fick frossa och hög feber, huvudvärk och ont i musklerna – precis som vid en rejäl influensa. Skillnaden var bara att det inte var en influensa utan denna otäcka sjukdom. Det värsta är att man blir resistent vilket gör att nästa gång man drabbas, blir man ännu sämre. Man kan få den flera gånger.

— Usch, en riktig otäcking. Men du mår bra nu, bortsett från allt det andra?

— Jo, nu har jag annat att tänka på. Du, jag ringer dig igen. Måste höra med gubben om han minns någon kyrkogård.

***

Dagen efter ringde Mia upp Henrietta.

— Henrietta, vi diskuterade det här med kyrkogården igår. Kan du tänka dig att det faktiskt stämmer. Det är kusligt. Jag blev klar över var vi hade varit och runt kyrkogården fanns ett vitt staket som vi hängde över. Där inne fanns en grav med ett antal barn som dött. Ruskigt! Men exakt så var det. Jag får ont i magen när jag tänker på att han, den där Ante, visste detta. Men samtidigt får jag hopp.

— Ja, Ante sa att ni skulle få en son.

— Åh, då kanske det är så att jag kan bli med barn. Tack snälla du, för att du ger mig en ljusglimt i tillvaron.

Henrietta hoppades verkligen att Mias önskan skulle bli uppfylld - en liten bebis.

Mia och ridturen

Flera månader senare träffade Henrietta åter Mia för en fika hemma hos Henrietta. Överraskningen var gigantisk. Mias mage var större än vanligt. Hon väntade barn. Provrörsbefruktningen hade bevisligen lyckats.

De skrattade och kramade om varandra.

Henrietta pekade ner mot magen:

– Är det verkligen sant, Mia?

– Ja, viskade Mia som var lyckligare än på länge.

Henriettas hjärta värmdes när hon tittade på vännen. Det var en ljuvlig stund trots att det utomhus var höstkänsla. Vinden ven runt knutarna och alla löv på träden hade blåst ner i stormarna. Det enda som fortfarande var grönt, var gräsmattorna. Resten skimrade i gult och brunt som om allt omkring dem brann.

– Här är en påse med kanelbullar, Henrietta. Jag bakade igår. Vet att du inte vill äta kakor och att du är viktväktare, men du kan väl prova en, åtminstone?

Mia tittade vädjande på Henrietta när hon överräckte bullarna. Det gick inte att tacka nej eller avstå. Mia var omtänksamheten signifierad.

– En bulle kan jag unna mig. Jag sätter på kaffet. Hur har du det annars, Mia? Mår du bra?

– Jag har problem med urinläckage, annars är det okej. Men jag älskar, som du vet, att rida. Detta får jag numera göra i smyg. Stefan vill inte veta av att jag gör det. Själv tror jag inte att det är skadligt. Jag ska strax ge mig i väg till stallet. Tänkte bara titta in till dig först och ta en fika.

— Är det klokt? Jag förstår om Stefan blir orolig. Ni har kämpat så länge för att du ska bli gravid.

— Jo, han ville inte att jag rider men jag ringde stallet igår och paxade för min älsklingshäst Vickan. Snälla, säg inget till honom. Jag avstår så mycket annat, vilket jag gör med glädje. Men det här kan väl inte vara farligt. Jag vet vad jag gör.

Henrietta var inte säker på att Mia visste det. Men hon sa inget.

De fikade gemensamt och sedan åkte Mia till stallet.

***

Några timmar senare kom ett mejl på paddan. Det blinkade till när Henrietta hade satt sig med den för att läsa en e-bok av älsklingsförfattaren Val McDermid, boken Brända broar. Hon kunde inte motstå att slå upp och kika på sms:et. Det var från Mia.

”Jag är på sjukhuset. Råkade ut för en olycka i ridhuset. Hästen halkade på några våta löv på vägen in och jag blev avkastad. Har brutit svanskotan. Inget att göra. Men allt är ok, tror jag. De ska kolla mig om en stund.”

Henrietta kände hur håret på armarna reste sig. Det här lät inte bra. Hade Mia tappat förståndet? Tänkte hon inte på bebisen?

Henrietta slog omgående Mias telefonnummer men hon svarade inte. Förmodligen var läkaren där. Då ringde Henrietta till Stefan.

— Det är Henrietta. Hur är det med Mia? Är du hos henne?

— Ja, och det ser inte bra ut. Herregud, hur kunde jag låta detta hända. Mia får stanna på sjukhuset och själv ska jag gå hem och ta mig en rejäl whiskey med is. Jag skakar i hela kroppen. Henrietta, detta är för djävligt. Vi hör av oss när vi vet mer.

Beskedet skulle dröja och Henrietta oroade sig för att det kanske inte var positivt.

Henrietta besöker sjukhuset

Henrietta rusade in i blomsteraffären och köpte en bukett gula rosor. Sen ilade hon vidare till sjukhuset där Mia befann sig. I magen gungade de otäcka föraningarna om att något var allvarligt fel. Skulle de visa sig sanna?

Sjukhusdoften slog bittert emot henne i hissen. Hjärtat tog ett extra skutt och skvalpade omkring som en gisten eka på ett stormigt hav. Det var så många minnen från andra sjukhusvistelser som passerade revy i Henriettas medvetande. Hon hade aldrig gillat sjukhus trots att det var en plats som många gånger räddade liv.

Minnena välde över henne. Allt från den gången då hennes älskade mormor hade dött till de förfärliga tio dagar då hon själv inte visste om hon skulle överleva.

Hon blundade och andades långsamt. Försökte få ner pulsen och skapa en behagligare känsla i kroppen. Med hjälp av den andnings- och meditationsteknik som hon hade lärt sig, lyckades hon minska på stressen som vibrerade ut i fingerspetsarna.

Munnen var torr och hon önskade att hon hade haft en flaska vatten i väskan.

När hon kom till receptionen frågade hon efter Mia. Det visade sig att hon låg på ett enskilt rum och dagligen fick ta emot besök. Henrietta tittade ut genom fönstret och såg hur regnet vällde ner. Det var som om hela världen grät för Mia.

Huvudvärken kom som på beställning. Obehagskänslorna brusade som bubblor i en champagneflaska och hon kunde inte få dem att sluta porla.

Sakta och modfälld stegade Henrietta bort mot rummet. Det var inte så att hon ville fly men hon ville inte heller möta Mia. Något var definitivt fel. Det visste hon, men frågan var vad.

Sakta tog hon i handtaget och öppnade tveksamt dörren. Hon såg att Mia låg i sängen med slutna ögonlock. Mia såg liten och ynklig ut och ansiktet var insjunket och blekt.

Henrietta tog ett djupt andetag, samlade mod och gick tassande fram till sängen. När hon närmade sig, tittade Mia upp med tårfylld blick.

– Åh du kommer ... Tack, viskade Mia.

– Snälla rara hjärtat, vad har hänt?

– Jag ...

Rösten stockade sig och inte ett enda ljud kom över Mias läppar. Både Mia och Henrietta svalde. Tårarna steg i bådas ögon.

Mia försökte med en kraftansträngning får orden att komma ur munnen.

– Åh Henrietta. Jag har varit så dum. Allt jag önskade mig gick i lås. Men jag sumpade det. Barnet har dött. Nu måste jag gå resterande tid med ett dött barn i magen och invänta födseln. Jag orkar inte.

De sista orden kom som ett skrik. Sen stortjöt Mia i famnen på Henrietta.

– Sch ... Gråt först och tala sen. Vad hände?

Mia hulkade i famnen på Henrietta. Kroppen skakade som en vulkan. Henrietta torkade med baksidan av handen bort tårarna som forsade nerför hennes egna kinder. Hon bet sig i kinden och hoppades kunna hantera sorgen och smärtan som trängde sig på.

När den värsta gråten ebbat ut för stunden, torkade Henrietta Mias ansikte med en pappersnäsduk. Mias huvud låg avslappnat på kudden men resten av kroppen var spänd.

Henrietta drog fram en stol till sängen, satte sig ner efter att ha krängt av sig kappan. Hon tog Mias hand, smekte den ömt och väntade.

– När du känner att du kan, berätta vad som hände, älskade Mia.

Det gick några tysta minuter. En stor väggklocka tickade. I övrigt hördes inga ljud.

– Jag trillade av hästen. Slog rumpan hårt i marken och bröt svanskotan. Det kunde ha slutat med det. Men nej! Straffet är mardrömslikt. Barnet klarade inte smällen, konstigt nog. De säger att barnet dog ögonblickligen. Kanske hade det inget med ridningen att göra men det var en barnslig dumhet från min sida. Jag borde ha begripit bättre. Varför, Henrietta, varför tillät jag mig detta?

– Ja du ... Det lär du aldrig få svar på, Mia. Men vad händer nu?

Mia ryckte på axlarna. En hjälplös gest som sa allt.

– Det värsta är att jag måste bära mitt döda barn tiden ut. De kan inte göra något eftersom jag är så långt gången. Så nu får vi bara vänta. Sagan är slut. Jag får aldrig något barn.

Gråten ökade i styrka tills den var gäll och en sjuksköterska kom rusande in i rummet. Skriket hördes över hela avdelningen.

Mia fick en lugnande spruta och somnade hickande av gråt. Henrietta tog på sig kappan och vandrade hemåt med slokande axlar. Livet var aldrig rättvist. Hon ömkade Mia som redan hade stått ut med så mycket. Skulle hon få sin älskade bebis någon gång i framtiden?

Henrietta och kreativiteten som bearbetade sorgen

Henrietta tog på sig promenadskorna och kappan. Hon tog gångstavarna i händerna och gav sig ut i höstkylan. Dagens kreativa promenad.

Idag hade hon bestämt sig för att gå ut i skogen. Fem till tio minuter från hennes område ledde en stig in i skogen till en topp med utsikt över byn. När barnen var små brukade Henrietta ofta vandra hit på utflykterna med dem.

Egentligen tyckte hon inte om att gå ensam i skogen. Den var inte längre tryggt som förr i världen. Men hon kunde inte motstå impulsen att stega dit.

Väl framme vid inhägnaden, lät hon snurrgrinden slå igen bakom sig. Hon tog några staplande steg på den lövbeklädda stigen, rädd att halka. Med ett vakande öga spanade hon. Ibland hade de sett dovhjortarna som sprang omkring i området. De var vackra men skygga.

Plötsligt stannade hon upp. Hon hörde ett odefinierat ljud. Försiktigt smög hon bakom ett större träd för att iaktta vad som hände.

Där, några meter framför henne, tronade dovhjortarna. Henrietta visste på förhand att de brukade para sig i oktober och november. Hon skulle bli vittne till detta. En magisk upplevelse.

Två hannar slogs. Hornen brakade rejält in i varandra. De sparkade upp en sölgrop och urinerade i den vilket såg ut som om de badade i eländet. Henrietta stod orörlig, vågade knappt andas. Ena hanen jagade i väg den andra.

Sakta gick den kvarvarande hanen ut på ängen och med ett bröl anropade han honan. Det var en testosteronstinn hjort som gjorde upp om hindarnas gunst. Praktexemplaret såg ut som om han blev godtagen av honan.

Hjärtat bankade. Henrietta vågade inte bli kvar i skogen. Visste att hon kunde råka illa ut om de fick syn på henne och ville inte störa. Sakta backade hon baklänges mot inhägnadens grind. Det gällde att lägga benen på ryggen, som mormor brukade säga, och rusa därifrån.

Hon hade gått ut i skogen för att hitta lugnet. Men det blev stressen som slog klorna i henne.

När hon omtumlad kom ut ur hägnet, fortsatte hon promenaden upp för backen. Med en vidunderlig utsikt över byn, passade hon på att göra en stående meditation. Hon måste få ner pulsen och lugna kroppen. Eländet på hemmaplan med Anders och oron för Mia tog ut sin rätt på Henriettas kropp. Hon hade mer ont i magen än tidigare och huvudvärken hade ökat. Det kanske är blodtrycket, tänkte hon.

***

Väl hemma satte hon på en kopp kaffe. Hon njöt av den varma drycken och stillheten trots oron som numera alltid låg på lut. Det var middagstid och Anders hade fortfarande inte stigit upp.

Idag bestämde hon sig för att måla. Det var inte lätt med all ångest och oro i kroppen. Senaste tiden hade hon misslyckats med så många bilder. De blev anskrämligt färgstarka och ibland för mörka, som om hennes inre avspeglades i bilden.

Efter lite stök fick hon fram paletten, akrylfärgerna, staffliet och duken. Hon tog upp kolstaven och skissade upp motivet med darrande hand. Visste att fumligheten kom av stressen. Stoppade och andades djupt, stående, i en ny meditation där hon lät kroppen försvinna ut i periferin.

Hennes förbannade oro släppte inte taget, trots beslutsamheten. Hon höll penseln krampaktigt. Det skulle inte bli den bild hon ville förmedla.

På nytt slappnade hon av, andades långsamt in genom näsan och ut genom munnen. Stirrade på blomsterkvasten på soffbordet. Den som hon satt i en kristallvas. Hon hade bestämt sig för att skapa en triptyk med tre midsommarblomster. Dessa blomster var inte lätta att uppbringa i november månad. Idag började hon med tulpanen. Buketten framför henne var en bunt vackra tulpaner och hon valde ut en av dem. På bilden skulle det bara vara en blomsterstjälk. Måtten på duken var fyrtio gånger sjuttiofem centimeter. En triptyk, det vill säga tre tavlor som hängde intill varandra, skulle täcka en bit av väggen i vardagsrummet.

När penseln äntligen tog fart och handen var avslappnad, flöt färgen över duken. Henrietta ryste av välbehag i varje svepande rörelse. Det blev riktigt vackert och äntligen, var hon nöjd. Att skapa gav lugn i sinne och själ, något som hon eftersträvade och njöt av.

Totalt absorberad av skapandet, gick tiden. Klockan tickade och Henrietta var försjunken tills skymningen drog in från fönstret. Gatlyktorna hade tänts. Hon hade stått framför staffliet i många timmar. Varje kroppsdel var stel och hon hade smärtor som ilade i mjukdelarna och ligamenten. Den förbaskade reumatismen accepterade inte statiska rörelser. Alla kroppsdelar gjorde ont som om hon blivit manglad.

Med en suck lade hon ner penseln, torkade av paletten och tvättade penslarna.

Det var dags att laga middag. Förundrat tittade hon sig omkring. Anders verkade inte vilja stiga upp överhuvudtaget idag och hon undrar om hon kunde locka upp honom till middagen.

Innan hon startade matlagningen, gjorde hon några qigong-rörelser som gav energi; Benböj mot vägg. Hon tränade ett tiotal gånger. Att göra rörelserna rätt, innebar att hon blev sjöblöt på kroppen och då visste hon att energin löste upp de blockeringar som skapade inflammationerna.

Sen öppnade hon kylskåpsdörren och tog ut köttfärsen. Hoppades att doften av köttbullar skulle smyga sig in i näsan på Anders där han krupit ihop i fosterställning i sängen.

Mia får ett rekommenderat brev från Italien

Ett förfärligt år hade passerat. Mia hade fött sitt dödfödda barn och sorgen var enorm. Hon orkade inte hålla kontakt med någon bortsett från Henrietta som hon träffade emellanåt. Ofta bröt hon ihop och skrek ut sin sorg när de båda möttes.

Att bära ett barn utan fosterljud och rörelse var som att leva i helvetet. Upplevelsen hade varat en evighet från det att de hade fått beskedet via ultraljud. Tanken på att barnet var dött var från början en orimlighet och förutom sorgen kämpade Mia med självförebråelser och skam.

Ilska, förtvivlan och ledsnad tog hårt på både Mia och Stefan. Det var en overklighet, en mardröm som ingen av dem skulle glömma. Tanken att föda fram barnet hade gränsat till trolldom och de hade båda önskat att läkaren skulle ”ta bort det” med hjälp av kejsarsnitt. Så blev det inte. De hade varit tvungna att acceptera. Att föda vaginalt blev också en psykologisk press inför mötet med det döda barnet.

***

Läkarna hade startat värkarbetet med hjälp av oxytocin. Livmoderhalsen var hård och omogen och de applicerade prostaglandingel för att påskynda mognaden. Sedan fick Mia värkstimulerande dropp.

När hon låg på sjukhuset för att föda sitt döda barn, denna lilla prick som hon kommit att älska, var sorgen överväldigande och hon hade svårt att andas. Hon fick smärtstillande men hatade förlossningen. Barnet som föddes kändes varmt och mjukt, precis som ett levande barn och det var ännu mer overkligt för dem båda att ta in att de hade förlorat sin älskling.

Mia smekte de små händerna, tog i fingrarna. Tårarna forsade nerför ansiktet. Munnen var en kopia av hennes egen. Det var ett vackert barn.

Hon höll barnet ömt i famnen, tryckt mot hjärtat. Inombords fanns ett gigantiskt skri som målningen 'Skriet' av Edvard Munch. Den bilden förmedlade all hennes förtvivlan och sorg.

De tog smärtsamt avsked av den lilla varelsen, en flicka, och gav henne namnet Maria. Dagen var nattsvart.

När Mia skulle lämna sjukhuset, snubblade hon obalanserat hemåt. Kroppen var som uppblött papper, i en konsistens som om hon inte längre ägde den. Skulle hon någonsin åter kunna skratta?

***

Månader av sorg gick och livet var dött omkring henne. Men en dag kom ett brev från Italien med positiva nyheter. Hon skulle få en ny provrörsbefruktning. Skulle hon orka gå igenom detta ännu en gång?

Läkarna hade hittat donatorer som passade. En italiensk kvinnas ägg hade frusits ner och en norsk läkarstudent hade donerat sperma. Mia läste texten om och om igen. Den gick inte att ta in. Hon var fortfarande apatisk.

Femte gången hon läste brevt, märkte hon hur ett litet fladder signalerade i hjärtat att hon borde … Ett mikroskopiskt leende spred sig i ansiktet. Kanske fanns det hopp, trots allt?

Hon skulle diskutera med Stefan när han kom hem från jobbet. Möjligheten att de fick en ny chans var med ens förgylld.

Insemination?

Länge stod Mia förstenad med brevet från Italien, tryckt mot sitt bröst. Hon hade fått ett erbjudande om insemination. Skulle hon pröva på igen? Det var smärtsamt. Hoppet började blomstra men lämnade henne sedan tvärt.

Hon sjönk ner på en stol, kröp ihop sittande i ett slags fosterställning med huvudet i händerna, nertryckta mellan låren. När värmen steg henne åt huvudet och andningen tog slut, reste hon på kroppen, drog in ett djupt andetag och rätade på ryggen. Jo, hon skulle göra det. Ingen minns en fegis. Hur skulle hon annars behålla hoppet?

Beslutet skapade spänst i kroppen och hon rusade ut i hallen, hämtade mobiltelefonen och ringde upp brevets avsändare.

Efter några minuters artig konversation kom hon till skott. De bestämde att hon skulle flyga ner nästa månad och testa. Totalt tre gånger skulle de utföra inseminationen. Svetten rann längs med ryggraden. Hon var utmattad efter samtalet.

I stunden upplevde hon ensamheten. Sista tiden hade Stefan inte varit delaktig. Det var som om hon inte nådde fram till honom. Som om han hade ett stängt rum inombords. Ett rum där hon inte blev inbjuden. Ständigt hittade han på nya saker att göra. Massor av kurser, övertidsarbete och annat. Numera hade de aldrig tid för varandra och stunderna av gemenskap blev kortare. Ibland funderade hon på om han var otrogen. Sen slog hon bort de negativa tankarna. Han hade det säkert lika svårt som hon att tackla situationen och sorgen.

Hon bestämde sig för att laga en god middag, visste att han var svag för stekta kotletter med gräddsås och kokt potatis. Det var den rätten hon en gång i tiden hade fångat honom med. Nu skulle hon tillaga dessa och korkade upp en flaska rödvin. De behövde något att fira och vad kunde vara bättre än beskedet via brevet.

Mia ringde Stefan och lyckades efter flera försök nå fram till honom.

— Älskling, idag kan du förvänta dig en god middag. Jag har något positivt att berätta.

Stefan hummade.

När hon la på luren var hon konfunderad. Stefan hade inte låtit speciellt glad. Det där engagemanget som han tidigare hade visat verkade lika bortblåst som de singlande löven utanför fönstret. Mia ryste till. Hösten fanns inom henne.

Efter en kopp kaffe, påbörjade hon middagsförberedelserna.

Dofterna spred sig kulinariskt i varje vrå och hon dukade kärleksfullt bordet.

Vid sextiden hörde hon nyckeln i låset. Hon tände massor med ljus i hela huset. Ville få upp värmen och hitta kärlekslågan för dem båda.

Hon rusade ut i hallen för att ta emot sin älskling. Men blev tyst stående på tröskeln. Han hade ännu inte sett henne och hans ansikte var som gjutet i sten.

Med en trött gest, hängde han upp rocken och slängde bilnyckeln och mobilen på sidobordet. Skorna satte han i skostället, prydligare än vanligt. Normalt släppte han skorna innanför dörren och sparkade till dem. Idag tog han tid på sig.

Mia fick dåliga vibbar i magen. Vem var denne tjusige man som med hela kroppen visade att han önskade att han hade varit någon annanstans?

Henriettas fulltecknade kalender

Henriettas kalender var mer än fulltecknad. Hon hade under gårdagskvällen träffat några vänner i Malmö för en fika. Två av dem kände hon sedan tidigare, den tredje var en ny bekantskap. Det hade varit en fulländad kväll.

Hon körde en av tjejerna hem och de satt kvar en stund i bilen och talades vid. Hon berättade om helvetet hemmavid och Christina berättade om sin skilsmässa. De kom fram till att de hade mycket gemensamt och kanske borde umgås mer.

Henrietta behövde ta tag i livet och skaffa nya vänner, framför allt sådana som inte hade någon partner eftersom hon numera levde som ensamstående trots att hon var gift med Anders. Han sov dygnet runt.

***

Ikväll skulle hon åka med ett gäng till Malmö och se en musikal. Hon älskade musikaler, något som Anders tidigare också hade gjort. Nu orkade han inte följa med.

I morgon var det dags för pensionärsföreningens månatliga middag. Den skulle hon också gå ensam till. Med en suck insåg hon att livet som ensam i tvåsamhet var surt. Ändå kämpade hon rejält för att både öka kontaktnätet för det sociala, träna bättre för att orka och jobba intensivt för att fly in i en fiktiv verklighet där hon inte behövde tänka på sitt helvete.

I övermorgon skulle hon besöka en anhöriggrupp. Många frågor tornade upp sig och hon behövde likasinnade att bolla med.

***

Ett besök hos läkaren avslutades med att hon fick besked om att hon behövde göra en gynekologisk undersökning. Tyvärr hade politikerna beslutat att stänga ner den gynekologiska kliniken i byn. Hon fick ringa och kolla med Malmö.

Nej, där var väntetiderna månader, ibland halva år. Men hon blev tipsad om att hon skulle kunna åka åtta mil uppåt landet för att hitta en gynekolog. Herregud, vart hade Sverige tagit vägen, tänkte hon. Sjukvården blev mer och mer usel. Förbaskade politiker. De tänkte bara på sig själva. Klart som korvspad eftersom de hade en gräddfil in till sjukhuset om de blev dåliga. Nu måste svenskarna reagera. Det här gick inte längre.

Tankarna på gynekologen fick henne att fundera över Mias situation. Henrietta höll fortfarande tummar och tår för att allt skulle rätta till sig för dem. Hoppades att Mia skulle få sin efterlängtade baby.

Henrietta skulle ringa henne under eftermiddagen.

Iskall middag

Mia smög tillbaka ut i köket, tog på sig grytvantarna och serverade maten som hon hade lagat med kärlek. Stefan satte sig surmulet vid bordet. Någonstans i Mias mage for fjärilarna omkring. Det var definitivt något som inte stod rätt till. Hon var torr i munnen och svalde omsorgsfullt.

— Varsågod, min älskling! Hoppas det ska smaka.

Mia sträckte fram skålen med potatis mot Stefan.

Han tog den utan att titta henne i ögonen. Slevade upp potatisen som om han var bonden som tog en snabbfika mellan mjölkning och hölass. All finess var försvunnen. Han betedde sig inte som vanligt. Mia höjde på ögonbrynen. Stirrade stint för att få honom att titta på henne. Men det var som om han hade satt upp ett skottskyddat glasfönster mellan dem. Hon harklade sig. Fortfarande ingen kontakt.

— Tycker du att vi ska godkänna möjligheten till insemination i Italiens?

Frågan hängde länge i luften utan svar, utan syre.

Efter några sekunder som var långa som minuter för Mia, tittade äntligen Stefan upp under lugg med ett hopskrynklat ansikte och tomma ögon. Trött svarade han:

— Gör som du vill. Jag orkar inte med mer.

Tystnaden hägrade igen. Ingen av dem sa ett ord. De tittade inte på varandra utan ner i tallrikarna.

Maten växte i munnen på Mia. Vad var det här? Vad hände? En otäck huvudvärk kom krypande. Maten smakade papper och vinet surt. Ändå visste hon att maten var vällagad och vinet var ett gott Amarone som de båda älskade.

Hon hade lika gärna kunnat servera iskall mat med kranvatten. Eller slängt fram gårdagens middagsrester. Kärleken som hon tillagat utifrån verkade som bortblåst. Mia visste inte hur hon skulle tackla situationen och rädslan för att få ett obehagligt svar gjorde att hon inte ställde frågan. Tystnaden var obehaglig. Den tog tag i hjärtat som krampade.

Då ringde telefonen. Mia rusade upp, lättad över att något avbröt cirkusen som utspelade sig framför henne.

Det var Henrietta som ringde och hon inledde med att fråga om hon ringde och störde.

— Både ja och nej, svarade Mia. Du kanske räddade mig ... eller oss. Vi sitter och äter. Jag har lagat en av Stefans älsklingsrätter, dukat romantiskt och köpt ett dyrt Amaronevin. Men stämningen är dyster, iskall, och jag vet inte varför.

Mias röst bröts och hon kunde inte fortsätta tala. Tårarna rann i strida strömmar nerför kinderna på henne. Hon var rädd, olycklig och på något dunkelt sätt utesluten.

— Men vad händer? Kan jag göra något, Mia? Säg vad!

— Jag ... jag ...

Nej, det gick inte att tala. Mia svalde och torkade bort tårarna med tröjärmen. Hon snörvlade och testade igen.

— Jag ringer dig senare. Just nu verkar varken jag eller mitt liv fungera. Håll tummen, viskade hon. Jag behöver din styrka, Henrietta.

En lång stund stod Mia kvar i köket med telefonen i handen. I vardagsrummet satt Stefan ensam. Hon tog allt mod hon kunde uppbringa och stegade tillbaka in i rummet med böjd rygg och framåtlutande axlar. Den aromatiska doften av middagen slog emot henne men hon hade tappat aptiten.

Hon visste att hon måste ställa frågan. Det gick inte längre.

Långsamt satte hon sig på stolen, tog upp servetten och la den i knät, tog en klunk av favoritvinet och tittade stint på Stefan. Han låtsades inte om henne.

— Stefan, viskade hon, vad är det som händer? Har du slutat älska mig?

Åter blev det som ett vacuum i tiden. Efter några långa minuter svarade han utan att ta ögonkontakt med Mia.

— Jag vet inte, Mia. Allt verkar hopplöst och jag trodde att vi skulle gå vidare med livet. Att du hade förstått att vi inte är skapade till att få ett barn ihop. Jag vet inte om jag vill vara med längre?

— Har du hittat någon annan ...?

Frågan blev hängande. Stefan tog ett djupt andetag och efter viss tvekan svarade han. Pausen gjorde att Mia förstod att allt han sa tenderade att vara en bit från sanningen. Hon ryste till.

— Nej, men jag tror jag vill satsa på mig själv. Göra allt det som jag alltid längtat efter. Förkovra mig. Hitta nya former för livet. Exakt hur det ska gå till vet jag ännu inte. Det känns som om jag behöver vara själv ett tag. Vi borde kanske flytta isär och se om vi genom det kan hitta tillbaka till varandra. Vardagen här hemma är trist. Vi gör inget tillsammans längre. Sexet är slentrian, upplevelserna tillsammans är ljumma. Det måste hända något i mitt liv. Jag orkar inte ha det så här längre.

— Vill du .... skiljas?

Mia viskade orden efter en lång utandning och en paus.

Äntligen tittade Stefan upp på henne. Hon såg att hans ögon var kalla. All den kärlek hon tidigare upplevt när han tittade in i ögonen på henne, sprittandet i kroppen, saknades. Han var en främling. Något saknades definitivt mellan dem. De varma ögonkast han alltid hade reserverat åt henne, var borta. Det var som om de var gamla bekanta – inte längre älskande.

Uppgivenheten slog klorna i magen på Mia. Var det så här det skulle sluta?

— Jag packar en väska och slaggar hos en kompis i natt, förkunnade Stefan kallt. Tack för maten.

— Men du kan väl inte köra. Du har ju druckit vin.

— Jag har bara druckit ett halvt glas, så det ska nog gå bra.

Mia märkte hans lättnad. Det var som om trycket hade ebbat ut inom honom. Hon väntade nästan på att han skulle vissla.

Förvånat iakttog hon honom. Hade han varit oåtkomlig länge? Var det hon som hade missat budskapet? De hade inte älskat på länge och det var inte så de brukade fungera. Normalt räckte det med att de tog i varandra för att lågan skulle tändas. Mia funderade och kom på att det hade varit ganska kyliga pussar, inga varma upphetsande kyssar, under de senaste veckorna. Stefan hade jobbat mycket och hon hade suttit ensam framför teven, de flesta kvällarna. Var det därför som hon inte hade förstått? Sorgen och tröttheten hade funnits som en ständig följeslagare. Hon hade varit avtrubbad.

Ett sting av svartsjuka slog till i magen. Hon var säker på att där fanns mer som Stefan inte berättade. Kanske skulle hon aldrig få veta.

Mia sjönk ihop och lät tårarna rinna. Stefan hade rest sig, tagit tallriken med ut i köket och sköljt av den för att sätta den i diskmaskinen. Hon satt ensam kvar bland matrester, spillror av deras liv och med vinet som verkade vara det enda som lockade för stunden.

Hastigt tog hon glaset och drack stora klunkar vin som om det på något sätt skulle förlösa kylan som började sprida sig i kroppen på henne.

Hon hörde hur Stefan tog ner vindsstegen och klampade upp för att hämta en resväska. Lyssnade aktivt på stegen som med ens verkade lättare och mer självsäkra. För honom var detta något av en befrielse. För henne var det förlamning.

Hastigt kastade han ner lite kläder i väskan, hörde hon, eftersom lådorna i byrån åkte ut och in. Några minuter senare kom han tillbaka. Tittade in i vardagsrummet med väskan i handen och rocken på.

— Jag ringer dig när jag har hittat mig själv, Mia.

Ingen kram, ingen puss. Med de orden slog han igen ytterdörren och Mia satt kvar, apatisk. Lika tom i ansiktet som en person som tagit sin första heroin-kick.

Mias genetiska analys

Mia bestämde sig efter att Stefan hade lämnat henne, att själv genomföra provrörsbefruktningen i Italien.

Första försöket misslyckades. Vid andra försöket blev hon gravid men fick åter missfall. Tveksamt ställde hon upp på tredje och sista försöket. Hon hade övertalat sig själv att inse att detta var sista gången. Inte nog med att hon skulle bli en ensamstående mor, hon närmade sig dessutom alltför hög ålder för att föda barn.

Tredje gången gillt, brukar man säga. Märkligt nog stämde detta. Kanske var det för att hon inte längre hoppades utan slappnade av. Allt runt omkring henne hade krackelerat och livet såg inte längre ut som tidigare.

Glädjen över beskedet att vara gravid, vågade Mia inte släppa loss. Inte än.

***

Det tog flera månader innan hon insåg att hon faktiskt var gravid och att det verkade som om hon skulle få behålla barnet den här gången. Trots lyckan över att vänta barn, vågade hon fortfarande inte släppa loss den.

Läkaren hade förordat en genetisk analys för att se att allt stod rätt till med barnet. De ville analysera kromosomuppsättningen och DNA-sekvensen.

***

När hon kom på besök till gynekologmottagningen sa läkaren:

— Detta är viktigt. Gentesterna utförs för att diagnostisera kromosomavvikelser, monogenetiska sjukdomar och polygena sjukdomar. Vi vill göra detta för dig, Mia, eftersom du är till åren kommen. Du kommer att vara en av de äldsta förstföderskorna och vi behöver veta att allt står rätt till med barnet. Oroa dig inte i förväg, men låt oss göra testet.

Mia nickade och tackade. Hon försökte tänka positiva tankar, men de tjattrande aporna på axeln var som små djävlar som förstörde tillvaron för henne.

Magen växte. Provet togs och sedan väntade Mia några veckor på svaret.

***

Den dagen beskedet kom blev hon slagen knockout. Hon öppnade brevet på eftermiddagen när hon kommit hem från jobbet. Sakta läste hon svaret. Först utan att förstå vad där stod, sedan om och om igen. Fortfarande utan att begripa. Det var som om hon fått en rak höger i magen.

Darrande sjönk hon ner på en köksstol. Tårarna rann okontrollerat. Vad skulle hon nu göra? Vem skulle hon rådfråga?

Hon bestämde sig för att ringa Stefan. Det var ju trots allt honom hon hade delat tiden med innan han bestämde sig för att sjappa. Många signaler gick fram utan att hon fick svar.

Tröttheten överväldigade henne och hon gick in i sovrummet, drog ner persiennerna och la sig i fosterställning, hopkrupen som i en mörk grotta. Hon var björnen som gick i ide.

Efter några timmar vaknade hon förvirrad. Undrade var hon var och varför. Efter flera minuter gick sanningen upp för henne.

Som i en dimma steg hon upp, tvättade ansiktet vid handfatet på toaletten för att vakna. Förtvivlan krampade i kroppen. Hon hade mist allt hopp. Eller skulle hon trots allt försöka?

Fram emot kvällen svarade äntligen Stefan. Han var korthuggen i tonen och Mia visste inte riktigt hur hon skulle tackla, varken honom eller problemet.

— Stefan, jag är med barn. Men det kan hända att barnet har en kromosom-avvikelse, viskade hon. Enligt läkaren är det relativt vanligt. Upp emot en och en halv procent av alla barn har detta, varje år. Det föds upp emot tusen barn per år med avvikelser. De mest kända avvikelserna är Downs syndrom som cirka tvåhundra barn drabbas av. Jag vet inte hur jag ska göra. Kan vi talas vid om det?

— Nej Mia, jag har tänkt och kommit fram till att det är ditt beslut. Även om vi tidigare har talat om alla tänkbara riskfaktorer och scenarier, är jag inte längre delaktig. Jag vet inte ens om jag vill ha något barn. Du får ta ansvaret själv.

— Men du kan väl komma hem och tala med mig?

Mia stortjöt och snörvlet gjorde att Stefan troligen inte kunde höra henne. Återigen tystnad.

— Nej, jag tänker inte komma hem. Ta beslutet själv och reservera mig från det. Jag vill inte vara delaktig, säger jag ju.

Ilskan fick Mia att se rött. Hon orkade inte längre föra en vuxen diskussion och med ett skrik kastade hon luren i örat på Stefan. Visst var det barnsligt av henne men hon kunde inte längre kontrollera beteendet.

Vilken patetisk djävul, tänkte hon. Hur skulle de kunna lappa ihop denna parodi på ett äktenskap.

Tystnaden blev kompakt. Mia svalde tungt och upplevde det som att hon vandrade i dynga när hon hade avslutat samtalet.

Stegen blev tunga när hon försökte ta sig in i vardagsrummet och hon kom ingen vart hur hon än ansträngde sig. Det var knappt hon orkade förflytta fötterna, som om hon hade haft kängor inomhus. Klockorna stannade för henne och livet.

Ikväll orkade hon inte med fler samtal men i morgon skulle hon ringa Henrietta som nu hade blivit som ett slags mor för henne.

Skilsmässan

När Mia ringde, gjorde Henrietta vad hon kunde för att peppa henne avseende den svåra situationen. De hade diskuterat i timmar.

Slutligen hade Mia kommit fram till ett beslut. Hon skulle behålla babyn. Det fanns en stor risk att barnet var skadat men kanske hade hon endast denna möjlighet kvar.

Lättad över beslutet gick vardagen vidare. Mia blev sjukskriven på halvtid på grund av foglossning. Dessutom var hon inte odelat förtjust i jobbet även om hon då och då fick översättningsuppgifter som hon älskade.

Ett par gånger i veckan gick hon på sjukgymnastik och tränade inför förlossningen. Ensam gick hon på mamma-pappa-mötena. Mia hade funderat på att fråga om Henrietta ville följa med henne eftersom hon var den enda anhörige som fanns tillgänglig. Mias föräldrar bodde numera utomlands och de hade delvis mist kontakten. Hon ville inte oroa dem.

Stefan hörde inte av sig och Mia insåg att problemet var allvarligt. Hon hade inte slutat älska honom och undrade varje dag om han hade valt bort henne. Kanske hade han funnit någon annan och ville inte berätta det för henne.

En dag mottog hon en avi från posten om ett rekommenderat brev. Frågande åkte hon i väg för att hämta det. Vad var det? Oron steg på nytt inom henne. Hade det med barnet att göra?

Väl hemma konstaterade hon att det var skilsmässopapper från Stefans advokat. Så långt hade det således gått. Kräket hade inte ens mod att själv berätta. Hon lyfte mobilen och slog hans nummer. Efter några signaler, svarade han irriterat.

— Vilken överraskning, sa Mia ironiskt. Hade du inte tänkt berätta för mig eller kommunicera med mig överhuvudtaget. Jag börjar misstänka att det finns någon annan med i bilden. Har du träffat någon ny kvinna?

— Både ja och nej. Det är inget allvarligt men vårt äktenskap är en fars och jag vill vara fri för att prova att leva annorlunda. Tycker att du också ska träffa andra så att vi ser vad det kan tillföra.

— Jo, svarade Mia ännu mer fränt, det finns säkert många som är intresserade av en havande kvinna.

Tystnaden blev som vanligt kompakt, nästan så att Mia kunde ta på den.

— Men vi kan väl vara vänner ändå, försökte Stefan lirka.

— Vänner, skrek Mia. Vänner! Är du inte riktigt klok? Först sviker du mig och nu vill du vara min vän samtidigt som du skickar skilsmässopapper via advokaten utan ett enda ord. Vad har du blivit för en människa? Var är min omtänksamme make, min Stefan som jag älskade över allt?

— Mia, jag är ledsen. Kärleken mellan oss har nötts ut av alla provrörskomplikationer. Jag tycker inte att vi har något sex värt att nämna längre och även känslorna har dalat, utifrån mitt perspektiv. Vi har haft ljuvliga år tillsammans men de verkar vara en saga blott.

Mia lät hans högtravande och svårsmälta ord tränga in i hjärnan. Stefan fortsatte nu när han kommit i gång.

— Jag tar givetvis mitt ansvar och kommer att betala för babyn.

— Nej du, jag har en betydligt bättre idé. Du kan vänta dig ett brev från min advokat. Givetvis ska jag släppa dig fri. Du ska inte tro att jag vill vara din fotboj. Pippa du din nya kvinna. Hon är säkert mycket yngre än jag och betydligt vackrare. Kanske kommer du att bli lycklig med henne. Kanske får ni ett gemensamt barn utan allt tjafs som vi har gått igenom. Och du ska inte behöva ha något krav på dig. Babyn i min mage är min och endast min. Du ska slippa ansvar för barnet. Jag ber dig skriva på din frisedel så snart den kommer. Ha ett härligt liv!

Med de orden tryckte hon bort Stefan från mobilen. Hon väntade inte på något svar eller avskedshälsning.

Stefan försökte ringa upp flera gånger men hon kopplade bort samtalet. Nu var hon ensam med babyn hon drömt om. Kanske dessutom ett skadat barn. Men hon skulle min själ visa både honom och alla andra att det ordnade sig.

Stärkt av beslutet lyfte hon axlarna och rätade på ryggen. Dags att gå vidare på spelplanen. Idag skulle hon åka till stan och kika på babyutstyrsel. Kanske rent av börja inreda barnkammaren.

Barnet växer

Mia var stor och tjock. Barnet hade börjat sänka sig nedåt. När hon var på kontroll hos barnmorskan fick hon veta att hon var ett finger öppen.

— Vad betyder det?

— Det betyder att förlossningen snart startar men förstföderskor går oftast över tiden. Du bör inte gå för länge över tiden eftersom du är äldre än de flesta förstföderskor. I så fall får vi göra ett kejsarsnitt. När slemproppen går, kommer vattnet att gå. Se då till att fort komma in på BB, Mia, så att de kan ta hand om dig.

Mia nickade och en liten glimt tändes i ögonen. Inombords fanns både rädsla och glädje.

Barnet började bli tungt och otympligt. Som tur var hade vädret blivit svalare. Sommaren hade varit extremt varm och Mia stod mest i duschen för att svalka sig. För någon månad sedan hade hon slutat jobba och gick nu och väntade.

Under morgonen hade hon som vanligt kissat ner sig, precis när hon var färdigduschad och hade klätt på sig. Barnet sparkade till rejält mot blåsan och hon fick byta byxor.

Hon var tacksam för att Stefan inte längre bodde tillsammans med henne. Samtidigt var hon konstant ilsken och vresig. Det var säkert hormonerna som spökade men hon orkade inte ta sig samman. Ofta grät hon.

Nu längtade hon efter att bli mamma, att få tillbaka ett liv, uppleva obegränsad kärlek. Ett nytt liv skulle snart starta. Hon önskade att förlossningen satte i gång och att hon skulle orka driva ut babyn. Efter diverse ultraljud visste hon att det var en liten kille.

Ömt smekte hon magen och sjöng sakta för sitt lilla underverk. Magen kurrade. Hon öppnade kylen och kikade. Där var inte så mycket mat, konstigt nog. Hon som alltid hade en välförsedd kyl, hade mått lite illa de senaste dagarna och hade inte haft lust att äta. Men melonen och skinkan som hon köpt tog hon fram och skar upp. De skulle bli goda till lunch.

Minnena raglade över henne. Hon kom ihåg Stefans och hennes första semester. Då när kärleken blomstrade och de inte kunde få nog av varandra. Vemodigt tänkte hon på kvällarna då hon och Stefan hade köpt vattenmelon och ätit på rummet innan de kröp i säng och älskade.

Tårarna steg i ögonen. Nu var hon ensam bortsett från barnet. Hon vågade inte tänka på hur barnet skulle se ut. Ibland vaknade hon ångestfylld och såg framför sig en liten kille med Dawns syndrom. Detta trots att den felaktige genen inte hade med detta att göra.

Med en suck, reste hon sig otympligt från köksstolen. Bestämde sig för att promenera ner till affären som låg något kvarter bort. Hon hade blivit sugen på att tillaga torskfilé i folie i ugnen på en bädd av tunt skuren potatis, med lök och grönsaker. Mums!

Varsamt vaggade hon gatan fram. Tur att affären låg nära. Hon var så tjock att hon hade svårt att kränga sig in framför ratten i bilen. Henrietta hade erbjudit sig att handla åt henne, men lite ville hon fortfarande fixa själv.

Det var sällskapligt att komma till affären och prata bort en stund med personalen. Hon hejade på några bekanta personer som bodde i området. Vid kassan letade hon i börsen efter växel. Normalt betalade hon med kort, men idag tänkte hon göra slut på sedlarna och mynten som tyngde i börsen.

Då märkte hon hur våt hon blev i byxorna. Hon tittade ner. En sjö hade bildats runt fötterna. Vattnet hade gått men hon hade inga värkar. Så pinsamt. Hon tittade sig nervöst omkring, fick syn på burkarna med inlagd gurka vid sidan om henne. Sträckte ut armen och svepte ner en burk på golvet.

— Oh förlåt, så klumpigt av mig, sa Mia och såg förskräckt ut.

Spadet hade stänkt rejält och blandat sig med fostervattnet. Hon hoppades att ingen såg och förstod.

— Jag fixar det, sa kassörskan och log. Ha en skön dag!

Mia tackade, packade ner varorna och vankade ut ur affären. Lite snabbare än vanligt promenerade hon hem. Tur hon bodde på första våningen och slapp trapporna.

Hon la varorna i kyl och frys, ringde Henrietta och berättade att det var dags. Sedan ringde hon efter en taxi. BB nästa!

***

Väl på sjukhuset blev hon omhändertagen, fick laxérmedel, dusch och blev rakad. De satte dropp på henne för att starta värkarna.

Hon vandrade nervöst upp och ner i trapphuset, där hon mötte upp Henrietta.

— Det här går bra, ska du se. Vill du fördriva tiden? Jag har tagit med mig en kortlek, sa Henrietta.

Mia nickade och tillsammans gick de tillbaka in på rummet.

Många timmar senare var det äntligen dags. Mia skulle få ryggmärgsbedövning. En sköterska satte en tunn plastslang i blodkärlet i armvecket. Sedan kom läkaren. Hon fick ligga kutryggig på sidan för att läkaren lättare skulle kunna bedöva henne. Livmodertappen var öppen. Nu väntade hon på sin son.

Mia hade gått på flera lektioner och lärt sig andas. Hon visste att hon var tvungen att slappna av och inte förrän barnmorskan sa åt henne att krysta var hon framme vid målet.

Henrietta smekte henne över håret, berömde henne och torkade henne med en sval, fuktig trasa.

Mia tappade tidsbegreppet. Äntligen föddes hennes älskade son. Nu återstod bara frågan om hur generna hade påverkat honom. Skulle det synas utanpå eller skulle de inre organen ha något fel? Skulle hans hjärna fungera? Oron slog klorna i henne men hon glömde allt när hon fick babyn på bröstet inlindad i en ljusblå mjuk filt.

Resan till Polen

Månaderna gick. Mia och Henrietta bestämde sig för att resa till Krakow på julmarknad. Lille Henrik skulle följa med i vagnen. De tog flyget.

Henrik sov gott under hela resan. Hotellet var ett Radisson, rummet, som Mia och Henrietta delade, var stort och luftigt. Henrik sov i vagnen.

Det var en vacker, historisk stad och de flanerade omkring en hel del, besökte ljuvliga små caféer och restauranger. Ett besök på ett konstmuseum lyckades de också planera in. Promenaderna i det gamla judiska kvarteret Kazimierz, där vittrade fasader numera gömmer konstgallerier, restauranger och kaféer, var avkopplande. De vandrade in i en sliten gammal kåk med råa tegelväggar och välvda tak, endast upplyst av levande ljus. På väggen hängde gamla fotografier. De beställde in en extremt tjock varm choklad och en bit äppletårta. Lokalen var fylld med sorlande människor. Henrietta log mot Mia i samförstånd.

— Äntligen lite semester, sa Henrietta och log. Är allt okej, Mia?

— Ja verkligen! Tack för att du kom på idén och för att jag fick följa med, svarade Mia och log samtidigt som hon gungade vagnen lite för att Henrik skulle somna. Men jag tror jag behöver vila lite innan vi går ut och äter i kväll.

Henrietta nickade.

— Det passar bra. Jag vill gärna krypa upp en stund i sängen och läsa en bok.

***

Första kvällen besökte de en restaurang strax intill hotellet. Henrietta beställde in en polsk variant på ravioli och Mia tog den omtalade surkålsgrytan. Det lät inte så upphetsande men maten var god. Varsitt glas rött vin beställde de också in. Mia ammade fortfarande Henrik och ville inte dricka många klunkar vin, men skåla för deras avkoppling gjorde hon gärna.

— Har du hört något från Stefan, frågade Henrietta.

Mia skakade på huvudet och suckade tungt.

— Låt oss inte tala om honom, Henrietta. Då blir jag bara upprörd.

Henrietta klappade Mias hand över bordet. Sen diskuterade de Polen i allmänhet och Krakow i synnerhet.

När Mia började gäspa bakom handen, bad Henrietta om notan. Sakta vandrade de hemåt. Henrik hade redan somnat. Kvällen var vindstilla och stjärnklar. Dofterna annorlunda än hemma.

***

Dagen efter besökte de båda slottet Wawel där den svenske regenten kung Sigismund III Vasa, på 1500-talet, låg begravd tillsammans med en massa polska kungar i kistor, kapell och sarkofager. Henrietta älskade historiska byggnader och ville gärna känna vingslagen från forna tider.

Stadskärnan var omfattande och de vandrade vilse.

Plötsligt upptäckte de att de var på en för dem okänd gata. Där i ett av husen fanns ett stort delat fönster. I underdelen av fönstret fanns en lucka. Tvärs över stod skrivet ”*Mamo – Pozwól mi zyc!*”

Mia vinkade till sig en ung man som påminde om en student.

— Vad betyder det, frågade hon på engelska och pekade på fönsterskylten.

— **Mamma – låt mig leva**, svarade mannen.

Henriettas kusin hade redan berättat om fönstren. Hon svalde. Men Mia blev nyfiken och drog henne i armen för att de skulle komma närmare.

— Vad är det för fönster? sa Mia.

— Vi går vidare, viskade Henrietta och försökte puffa Mia åt andra hållet, men utan framgång.

I fönsterluckan stod en liten babykorg med blå spetsar runtomkring.

— Kan du förklara närmre, frågade Mia mannen på nytt.

Han hade stannat. Nu nickade han och förklarade att det var nunnorna som tog emot barn som föräldrarna inte ville veta av. Dessa nunnor var ett slags änglamakerskor. Det märkliga var att detta pågick helt öppet fortfarande, nu på tvåtusentalet.

Mia rös och tårarna steg i ögonen på henne. Här kunde mammor, som hon själv, lägga sitt älskade barn i korgen och vandra hem.

Kanske var dessa barn inte älskade? De var snarare till besvär.

Med tårarna fortfarande hängande i ögonfransarna, skyndade Henrietta och Mia vidare.

Några kvarter längre bort upptäckte de ännu ett fönster. Den här gången var det med en skylt där det stod ”*Okno Zycia*”.

Mia grep återigen tag i en förbipasserande och frågade vad det betydde.

— **Livets fönster**, fick hon till svar.

Tydligen fanns det gott om den här typen av glasluckor med handtag i vilka kvinnor kunde lämna sitt barn. Innanför luckan på fönstret fanns en liten madrass och filt.

— Kände du till detta, Henrietta, frågade Mia.

Henrietta nickade och berättade om sin kusin som bodde i Polen.

— Ja det är vanligt förekommande här i Polen. Men så sorgligt.

Mia blev nyfiken, öppnade glasluckan och stack in huvudet för att se hur det såg ut innanför. En dörr öppnades från insidan och en polsk nunna tittade förvånat på Mias ansikte.

— Talar du engelska, frågade Mia nunnan.

Hon fick ett jakande svar.

— Livets fönster övervakas dygnet runt av oss, berättade nunnan, och vi tar hand om barnen som kommer hit.

Det var märkligt att det fanns ett sådant behov i ett land som Polen. Varför inte i övriga europeiska länder eller Sverige?

— Vill du lämna ditt barn?

Mia ryckte till och började gråta. Hon skakade frenetiskt på huvudet utan ett ljud.

Henrietta böjde sig fram och förklarade för nunnan att de var turister och bara ville kika.

Mia hulkade och kröp ihop i famnen på Henrietta som sakta smekte henne över huvudet. Nu förstod Henrietta att historien hade hunnit ifatt Mia. Henrietta letade i väskan med ena handen och hittade en pappersnäsduk som hon räckte till Mia.

— Låt oss sätta oss där borta på bänken, viskade Henrietta och pekade. Andas lugnt, Mia. Märkliga ting händer oss, bevisligen. Jag vill berätta för dig om en underlig sak som jag har upplevt. Om du orkar lyssna?

De satte sig på bänken. Där var det lä men Mia drog ändå kappan tätare omkring sig. Sorgsenheten gjorde att hon frös. Hon tittade ner i vagnen. Henrik sov gott. De hade någon timme på sig innan han skulle ha mat. Hon tackade tyst änglarna för att hon fått sitt älskade barn.

Henrietta började försiktigt berätta om de märkliga upplevelserna som hon fått när hon besökte cellen på Citadellet på firmafesten.

Änglamakerskan Hilda Nilsson

Henrietta berättade för Mia om hur hon fångats av änglamakerskan Hilda Nilssons berättelse. Att hon hade blivit tillfångatagen för barnmord och satt i cell nr fem på slottet.

— Jag blev så gripen, Mia. Varje år på dagen då Hilda Nilsson dog, blöder det ur en bibel som ligger uppslagen där. Jag är, av någon underlig anledning, fascinerad av denna brottsling. Kan inte få henne ur tankarna, ska du veta, Mia. Hon hemsöker mig i både vaket och sovande tillstånd. Ibland får jag nästan för mig att hon talar till mig.

Mia spärrade upp ögonen, gapade stort och satte näsduken mot munnen.

— Dessa nunnor verkar vara goda änglamakerskor men vet du vad man gjorde förr i tiden, Mia, när man inte ville eller kunde ta hand om sitt barn?

Mia skakade på huvudet. Visst hade hon hört talas om änglamakerskor men hon kunde inte ta in informationen. Hon snyftade högt och böjde sig ner och pussade Henrik på pannan.

— Berätta, Henrietta, uppmanade hon.

— Precis som polskorna går till nunnorna och deras fönster, gick kvinnorna till änglamakerskorna och lämnade sina barn. Frågan är hur barnens liv såg ut efter det? Och vart tog kvinnorna vägen inför en stundande förlossning? När jag undersökte detta, eftersom jag blivit så fascinerad, upptäckte jag att det fanns en lag som tillkom 1778 på Gustav III:s tid. Barnamordsplakatet sa att kvinnor fick rätt att föda sina barn anonymt och lämna dem till barnmorskan, vilket innebar att lagen kunde rädda ogifta mammor från upptäckt, utanförskap och misär. 1810 kom en ny lag – Lönskaläge-lagen. Den innebar att kvinnor inte dömdes för utomäktenskapligt, sexuellt umgänge de två första gångerna de ertappades. Männen straffades och fick böta. Lagen avkriminaliserades ett femtiotal år senare. Efter det kallades barnen för ”oäkta”.

— Herre du milde, utbrast Mia och torkade sig om ögon och näsa.

— Och vet du, Mia, på mitt födelsebevis står det ”Trolovningsbarn”, så detta har pågått långt in i vårt århundrade.

Mia var stum, nickade och lyssnade hänfört med höjda ögonbryn på Henriettas berättelse.

— Utomäktenskapliga barn saknade arvsrätt fram till mitten av 1800-talet. Sedan fick de ärva sin mamma. 1969 ändrades lagen och barnen fick ärva pappan. Kan du tänka dig? Kyrkans regler var förödande. Kyrktagningen var en ritual som skedde sex veckor efter att kvinnan fått barnet. Hon ansågs oren och blev därefter återupptagen av församlingen som hon hade varit utestängd från. Ritualen kyrkoplikten innebar ett straff där kvinnan skulle erkänna synden och ångra sig offentligt, ofta genom att prästen höll ett förmaningstal. Jag ryser vid tanken. Kvinnan var tvungen att klä sig i en viss huvudbonad som skilde sig från gifta kvinnors och oskulders. Många ansåg att dessa kvinnor, så kallade skökor, var farliga vilket gjorde att de utestängdes från andra kvinnors kretsar. De blev socialt osynliga och fick ofta avsked från sina jobb.

Nu började tårarna rinna hastigare nerför kinderna på Mia. Hon torkade slarvigt av dem med tröjärmen eftersom näsduken blivit dyngsur.

— Det finns en känd historia om pigan Maria och den teologistuderande Olof. De fick tillsammans två utomäktenskapliga barn. Maria fick ensam försörja dem. Hon blev utstött och kämpade ekonomiskt. Olof, däremot, blev ansedd, så småningom biskop och riksdagsman. Han gifte sig och fick fler barn. De första barnen erkände han aldrig, fortsatte Henrietta.

— Vilket djävla kräk ..., fräste Mia. Ha, biskop och riksdagsman. Jo jag tackar ...

— För en del kvinnor blev det fattighuset, fortsatte Henrietta. Tur att vi är mer självständiga idag.

Mia suckade tungt. Tårarna rann fortfarande. Hon tittade åter ner på sin lille älskling som snusade gott i vagnen.

— Henrietta, jag förstår att du tagit vid dig av dessa berättelser. Berätta om Hilda Nilsson! Jag tycker också att det är intressant – om än sorgligt.

— Ja, det är verkligen tragedier. Alla dessa oönskade barn och elände baserat på kärleken mellan två människor. Du har säkert hört talas om Nils Poppe. Han var ett änglabarn och blev uppfostrad på barnhem med öl och bröd. Det var inte ovanligt på den tiden. Andra barn kunde få livnära sig på utspädd mjölk. Nils Poppe hade tur och blev adopterad. Men samma tur hade inte andra små bebisar. En del av de barn som Hilda Nilsson tog hand om dödade hon genom att dränka dem i en spann.

Mia drog flämtande efter andan och rynkade ansiktet.

— Sedan eldade hon upp dem i en tunna, fortsatte Henrietta. Omgivningen hade känt oset av att något var galet. Lik luktar otrevligt.

Henriettas kräkreflex återspeglades i hennes ansikte. Mia skakade sorgset på huvudet.

— Nej, aldrig, tack och lov, viskade Mia.

— Ibland när jag med vänner har spelat golf på Kävlinge golfklubb, alldeles intill Scans fabriker, har likdoften legat tung över området eftersom de bränt kadaver, fortsatte Henrietta. Så nog måste Landskronaborna ha märkt eländet men kanske varit för rädda för att anmäla.

— Åh fy fasen, sa Mia och grimaserade.

— Nu går vi hem till hotellet så du får mata Henrik, avslutade Henrietta. Sen går vi ut och käkar. Jag ska berätta mer för dig men nu är jag trött och medtagen. Och jag ser att du också är matt.

Henrietta visste att det var mycket som rörde sig i huvudet på Mia, både berättelserna och tankarna kring hennes lille älsklings friskhet och överlevnad.

Själv var Henrietta skakad av vad de precis upplevt. Fönster som tog emot oönskade barn en bra bit in på tvåtusentalet var svårsmält.

De försvunna barnen

— Har du packat, frågade Henrietta.

Mia nickade. Semestern var slut och de skulle resa hem från Polen.

— Oj vad tiden gick fort, sa Mia. Snart är det jul igen och nyår. Tiden rusar. Och Henrik växer så det knakar.

Henrietta log.

— Ja jag hann faktiskt köpa några udda julklappar härifrån, sa Henrietta.

— Då har du väl även luskat ut dina nyårslöften, sa Mia och skrattade.

— Jo, du vet ju att jag är målmedveten, så det har jag nog, svarade Henrietta och gav Mia en kram.

Sen puffade hon till henne på överarmen i en kärleksfull gest.

— Ska vi fixa en taxi och checka ut, sa Henrietta. Det gör ju inget om vi är tidiga på flygplatsen.

***

På hemvägen från Polen på flygplanet, fortsatte hon berätta om Hilda Nilsson, denna märkliga änglamakerska som var så fascinerande.

— Vet du, Mia, Hilda Nilsson hade säkert kommit undan med morden om det inte hade varit för att en mamma blev misstänksam och ville ha tillbaka sitt lilla barn. Men Hilda var inte den enda brottslingen. I ett av de tjusiga husen på Norra Vallgatan i Malmö bodde också en änglamakerska, har jag läst. Du vet i det huset där de har haft pälsaffär under många år. Där uppdagades att paret Olivia Charlotta Larsson och hennes man Johan Elis Andersson år 1911, hade tagit emot flera fosterbarn som de vanvårdat. Mot betalning hade de tagit emot spädbarn som fosterbarn och lovat uppfostra dem som sina egna. Pengarna hade de använt för att köpa ett bageri på Södra Förstadsgatan 68.

– Men jisses, mumlade Mia.

– Efter några månader bar sig inte rörelsen längre. Två av fosterbarnen var vid upptäckten svårt utmärglade och sjuka, men överlevde efter långvarig sjukhusvistelse. Två barn var i bättre skick, men den femtes död var det som avslöjade paret. Paret dömdes till fem års fängelsestraff och flyttade efter frigivningen till Köpenhamn.

– Åh det är för hemskt, sa Mia och stönade. Hur kan någon människa bete sig så mot ett oskyldigt barn?

– Historien blev ett skillingtryck med titeln *"Änglamakarehistorien i Malmö 1911"*. Texten börjar så här: *"Ett sorgespel skall jag tala om, Hvari detaljer så smått framkom ...*", sa Henrietta men tystnade sedan.

Mias ögon var klotrunda och uppspärrade.

– Jag har aldrig hört talas om detta, viskade Mia.

Henrietta började sjunga visan som hon hade hittat i Lennart Kjellgren-samlingen, med melodin Älvsborgsvisan.

"Ett sorgespel skall jag tala om
vari detaljer så smått framkom
Det är om barnen de stackars små
dom fasan själva knappt förstå
Det hände här uti Malmö stad
som annars syntes så nöjd och glad

fast uselheten inom dock bor
långt mera än man kanske tror
Det var två makar som gjorde i
så kallad fosterbarnsindustri
vart barn hos dem både frös och svalt
fast det betalts "i ett för allt"
Man ryser uti båd' själ och sinn
ty uslingarna de stängde in
uti ett kyffe de arma små
med endast usla trasor på
Geschäftet var att de inom kort
så smått ju skulle förtvina bort
men ack rättvisan, så stark och stor
ännu i många hjärtan bor
Polisen gjorde hos dem visit
med vanlig stränghet och tjänstenit
lokalen uttömdes och blev tom
de sattes inom lås och bom
De arma små fingo ömsint vård
ty vem kan vara mot barnen hård
Och må det människor av dem bli
ty de har allas sympati
Insamlingen till dem har satts igång
och manar jag i min enkla sång
envar att skänka sin slant till dem
som saknar mor och far och hem
Men de som plågat de arma små
nog skola straff för det ej undgå
och Gud han giver dem nog till sist
vad de förtjänar, det är visst[1]

Mia applåderade försiktigt.

— Oj vilken visa, Henrietta. Tack! Berätta mer. Du vet så mycket. Detta är både hemskt och intressant. Hur blev de påkomna?

— Det udda paret, där hon är tjugo år äldre än mannen och han aldrig lyckades få något ordentligt jobb,

[1] Sången finns på YouTube: https://www.youtube.com/watch?v=1FF6ffvJsVs

bosatte sig i en hyreslägenhet på Hyregatan på gamla väster i Malmö. Huset gränsade till fattighuset bredvid. Allt började egentligen med att de satte in en annons i Skånska Dagbladet. Den löd:

"En barnkär familj önskar emottaga ett fosterbarn som eget mot betalning i ett för allt."

— Och så fick de flera barn via annonsen, eller ...?

— Jo, denna typ av annonser i början av seklet var vanliga. Ingen lyfte ett ögonbryn.

— Men berätta! Vad hände. Nu är jag så nyfiken.

— Den eländige mannen Johan Elis Andersson blev lungsjuk. En dag knackade han på dörren till prästen Hagbard Isberg. Prästen såg på den magerlagde mannen med färglöst ansikte och en trött blick i de vattengråa ögonen. Hans bröst var dessutom insjunket, har prästen berättat, och klädseln var torftig. Andersson bad prästen begrava hans döda dotter. När prästen frågade fick han veta att barnet inte var deras eget utan ett fosterbarn som de tagit hand om för femhundra kronor.

— Oj, oj, oj ... Femhundra kronor för ett helt liv?

— Ja, och när prästen forskade vidare framkom att barnet inte hade anmälts till fosterbarnsinspektionen eller blivit kyrkskrivet, något som alla barn skulle bli. Andersson ber prästen att inte kontakta myndigheterna men prästen som värnade om oäkta barn, ringde polisen.

— Bra gjort av prästen, sa Mia och applåderade tyst.

— Polisen anhöll paret och hittade en fyraåring och en tvååring som var rejält magra. Eftersom de inte kunde lämna frun och barnen ensamma i väntan på att få komma till fattighuset, bad de diakonissan anlända. När hon kom, hörde hon ljud bakom en låst dörr.

Mia drog efter andan.

— Frun hävdade att ljuden kom från en grannlägenhet. Men diakonissan gav sig inte. Polisen tog upp nyckeln till lägenheten och på knippan hängde även nyckeln till det låsta rummet. Innanför fanns två små gossar på ett och halvt år. De låg nakna på golvet i sjöar av urin.

Nu grät Mia högljutt.

Henrietta smekte hennes hand och frågade om de skulle vänta med historien till senare. Mia skakade på huvudet.

— Nej, jag vill höra allt, sa Mia mellan tårarna. Hur gick det för de små?

— De led av engelska sjukan och dessutom hade de blivit misshandlade och hade en del benbrott.

— Åh herregud ... så fruktansvärt.

— Ja och de hade haft totalt fjorton fosterbarn under åren. Förfärligt. När jag forskade vidare, Mia, upptäckte jag att det även fanns en Maria Nilsson på Kornettsgatan 20 i Malmö. Här kan du se texten som jag hittade, sa Henrietta och tog fram en gulnad kopia ur handväskan. Jag blev lite skakad för på Kornettsgatan i Malmö hade min svärmor Elvira och hennes familj bott. Men Elvira föddes 1922 så då var eländet borta.

Henrietta visade en kopia med ett gulnat foto av följande text:

”Får vidare anmäla hustru Maria Nilsson boende i Kornettsgatan 20, som äfven fått rapport till poliskammaren för att hon, oaktadt jag sagt till henne, att hon hvarken kan eller får sköta barn, ändå utan anmälan tagit en liten flicka, som rät fort derefter afled.

Kort innan detta ställde jag om att ett annat barn kom ifrån henne.”

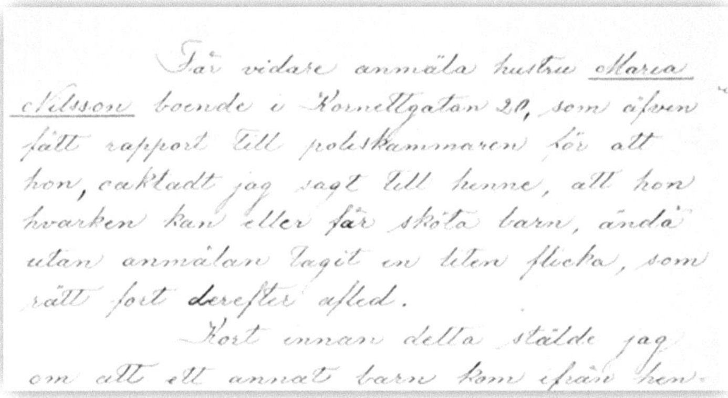
Får vidare anmäla hustru Maria
Nilsson boende i Kornettgatan 20, som äfven
fått rapport till poliskammaren för att
hon, oaktadt jag sagt till henne, att hon
hvarken kan eller får sköta barn, ändå
utan anmälan tagit en liten flicka, som
rätt fort derefter afled.
Kort innan detta ställde jag
om att ett annat barn kom ifrån hen-

— Hua mej, viskade Mia med snörvlande stämma.

— Jo du, det var många fall som uppdagades i början av 1900-talet. Sjuttio spädbarn ingick i utredningen. Där fanns en kvinna som hade lämnat barnet till barnmorskan Maria Sofia Persson som bodde med maken Anders på Hermansgatan i Malmö. Han var förman på fabriken som låg på samma gata. Det ryktades att han hade tagit hand om avlidna barn på fabriken. Det kallades för trolöshet mot huvudman att ta emot femhundra kronor för varje barns uppväxt trots att barnet redan var dött. Gubben dog hastigt så Maria Sofia Persson fick själv stå för allt. Om henne har de också diktat en visa, ett skillingtryck.

Henrietta visade än en gång upp en lapp med texten för Mia.

— Sången heter: *En sång om de upprörande barnskandalerna i Malmö.* Melodin är bygger på ”Brusande vågor”.[2] Den är ett skillingtryck i "*Sex nya visor*", nr. 101, Malmö Visförlag, Nils Lindström, från 1912.

— Sjung den!

Henrietta sjöng:

Ögonen tåras, sinnet upprörs,
av sådan grymhet emot de små,
som vi väl skola älska och vårda,
då vi som gudagåva dem få
/:Odjur i människohamn
är deras rätta namn,
som ej för barnen öppna sin famn:/

Kärleksfull vård de små må få röna,
då de med stora smärtorna föds
Vem har då hjärta att dem vårdslösa,
pina den späda plantan till döds?
/:O, nej! Den hjärta har,
kärleksfull städse var,
lika om det är mor eller far:/

Malmö, där frestelserna så stora
möta och locka var individ,
nu skådeplatsen tyckes ha blivit
för dessa onda makternas strid
/:Man resonerar kallt,
"En summa, ett för allt",
men så har lagen icke befallt:/

Barnen de små, som födas till världen,
vad hava de samhället väl gjort?
Detta i första hand är väl skyldigt
göra det som är ädelt och stort
/:Skydda de arma små,
så att de icke må,
samvetslöst i eländet förgå:/

---

[2] Melodin: https://www.youtube.com/watch?v=7rtImiKKc9E

Just ett exempel ha vi för stunden,
en jordemoder känslolös, hård,
för snöda mammon knappast gav moder
och hennes barn en utlovad vård
/:Och kanske komma skall
i dagen många fall,
då hon sig visat hård, grym och kall:/

Men straffet kommer och de som hulpit
för snöda mammon henne däri,
skola, om och ej utav rättvisan,
dömda dock av rättänkande bli
/:Odjur i människohamn
är deras rätta namn,
som ej för barnen öppna sin famn:/

Mia rös och kramade armarna som om hon därmed skulle få upp värmen.

– Det är så hemskt, Henrietta. Var det aldrig någon som frågade efter dem?

– Jo och jag ska berätta om en sådan händelse. Men oftast var den biologiska mamman inte intresserad av att besöka barnet eller ställa frågor om det. Barnen registrerades aldrig i kyrkan. De kunde således inte saknas av myndigheterna. Det sägs att i slutet av 1800-talet fanns det officiellt drygt fyrtiotusen fosterbarn i Sverige. Men det fanns ett stort mörkertal.

– Herregud, Henrietta, fyrtiotusen. Hur i hela friden ..., sa Mia och svalde högt.

– Och så var det då Hilda Nilsson. Hon anses vara Sveriges värsta kvinnliga seriemördare och tog livet av minst åtta barn. Som jag sa tidigare, dränkte hon barnen i en tvättbalja och la en tvättbräda över för att trycka ner barnet. Hon kom till Helsingborg som sjuttonårig piga. Av alla fosterbarn hon tog emot, fick endast två leva. Hon var gift med Gustaf och de hade stora skulder som gjorde att de riskerade att bli vräkta. För att dryga ut inkomsterna tog hon emot barnen. Första barnet var en fem månader gammal flicka som skrek och höll Hilda vaken om nätterna.

— Jo, barn gör ju så ibland, sa Mia och suckade. Stackaren hade säkert kolik.

— Hilda ljög för maken och sa att barnen hade blivit hämtade av ”fint folk”. Hon brände upp kropparna eller grävde ner dem. Det makabra upptäcktes inte förrän en mor ville ha tillbaka sin son Gunnar. Modern, Blenda Henricsson, kontaktade fosterbarnsnämnden som lämnade över ärendet till polisen och tragedin rullades upp.

— Åh, jag orkar inte höra mer ..., sa Mia och såg vädjande på Henrietta. Kan du fortsätta berätta om denna hemska historia en annan dag?

Henrietta nickade och böjde sig för att ge Mia en bamsekram.

När flygplanet checkade in vid gaten steg Mia och Henrietta av. Mia fastnade med klacken i trappan. Som tur var höll hon hårt i Henrik. Henrietta fick tag i dem innan Mia föll. Lille Henrik sov lugnt utan att ha en aning om intermezzot.

Kyrkogården i Norrland

Det hade varit några oroliga dagar. Henriettas dotter hade två katter och en av dem hade blivit allvarligt sjuk. Hon ringde barnbarnen och frågade dem.

– Hur är det med katten?

– Lite bättre. Han har börjat äta och dricka idag. Jag är hemma från skolan och passar på honom. Igår fick mamma åka till veterinären med honom. De opererade honom. Han hade fått någon infektion i urinblåsan och den svullnade upp. Blev stor som en apelsin. Otäckt. Vi är så oroliga men hoppas att han klarar sig.

Oturen förföljde bevisligen Henrietta. Hon hade blivit påkörd i bilen på en parkeringsplats av en förvirrad tant, för några månader sedan. Tack och lov utan personskador. Bilen blev fin igen efter att serviceverkstaden hade knackat ut bucklorna. Damen hade backat rakt in i vänstersidan på Henrietta. Men eftersom Henrietta stod stilla på parkeringen, fick den virriga pensionären stå för alla kostnader. Under tiden bilen var på service fick Henrietta en hyrbil.

Någon vecka senare märkte hon att bilen inte funkade som den skulle. Vänster blinkers bråkade, likväl som baklyktan och spolarna bak. Hon ringde skadeverkstaden och fick beskedet att komma in med den.

Eländes elände. En sjuk katt, en bil som inte funkade och ovanpå allt annat en obehaglig faktura som hon var tvungen att hantera. Henrietta var en positiv person men nu började eländet hopa sig. Anders sov för det mesta.

***

Ett samtal till Mia piggade upp. Mia bjöd hem henne på lunch.

Det snöade. Tunna flingor dansade utanför fönstret. Hu, så ruggigt. Vinden slet i träden. Henrietta burrade upp sig, pälsade på sig och gav sig i väg. Hon hade ännu inte tagit fram vinterbootsen utan gick i höstskorna. Som tur var kunde hon ta bilen till Mia.

Efter en härlig lunch bestående av varmrökt lax, kokt potatis och en västkustsås med räkor, samt lite joller med lille Henrik, satte de sig i vardagsrummet. De skulle fortsätta den spännande diskussionen om änglamakerskor.

Mia bäddade ner bebisen för en middagslur. Kaffet dukades fram.

— Fortsätt nu berätta om änglamakerskorna, sa Mia och puffade till Henrietta på armen.

Henrietta hoppade högt.

— Oj förlåt, gjorde det ont, frågade Mia och såg olycklig ut.

— Nej inte så farligt. Men precis där på överarmen är det ömt. Jag fick en influensavaccinering igår.

Mia hällde upp kaffet i kopparna och sträckte fram den laktosfria grädden som hon visste att Henrietta ville ha.

— Vet du, Mia, att i Sverige avvecklades barnhemmen på trettiotalet? De flesta barnmorskorna antecknade inte födslar eller dödsfall. De gifta barnmorskorna lät gubbarna tillverka kistorna och ombesörjde sedan begravningen av de döda barnen. Mammor som jobbade som hushållersker tjänade femton kronor i månaden.

Av dessa snålt tilltagna slantar skulle hon punga ut med tio till fyrtio kronor till fosterhemmet.

— Så förfärligt, viskade Mia. Inte så konstigt att de lämnade barnen till änglamakerskor.

— Ja, vad jag fått fram om Hilda Nilssons gripande var det således mamman Blenda Henricssons åtgärder som låg till grund för att hon blev fast. Blenda ville ha tillbaka sonen Gunnar men enligt Hilda Nilsson hade han adopterats bort till ett par i Norrland. Blenda gav inte upp. Hon tog tåget till Norrlandsbyn och frågade överallt men sonen stod inte att finna. Då ringde hon Hilda, som sa att hon trodde att sonen hade dött.

— Vilket kräk, utbrast Mia vresigare än tänkt.

— Blenda fortsatte forskningen och sökte på kyrkogården efter en grav. När hon inte fann den, letade hon upp prästen. Han svarade att de inte hade haft någon pojke med namnet Gunnar, som dött.

— Jag hade blivit tokig, om det var jag, sa Mia och snörvlade till.

— Då ringde Blenda till polisen och anmälde Hilda. Historien började sakta rullas upp.

— Jag vågar inte ens tänka tanken att jag skulle bli av med min gullunge, sa Mia och huttrade. Men jag oroar mig fortfarande för hans kromosomavvikelse som läkarna inte förstår. Vad ska hända när han blir större, Henrietta? Vi vet att det kan ge funktionsnedsättning eller autism. Dessutom kan det påverka hans utseende.

— Det finns en neuroforskare i Amerika som påstår att vi själva kan påverka genetiken. Jag ska se om jag kan få fram mer information, Mia. Dessutom läste jag nyligen att det i Sverige föds upp till niohundra barn om året med någon form av kromosomavvikelse. Tack och lov vet läkarna åtminstone att Henrik inte har Downs Syndrom. Du ska se att det ordnar sig. Har du hört något från Stefan sedan sist?

— Ja, den idioten vill komma hit. Men jag vågar inte lita på honom. Det verkar som om han blir barnsligare för varje år som går. Tänk, jag tycker inte längre att han är samma man som den som jag förälskade mig i. Det beror säkert på att han har svikit mig.

— Du gör helt rätt som ställer dig missvisande till honom. Låt tiden utvisa vad som sker. Kanske ångrar han sig. Det var möjligen ett anfall av gubbsjuka som drabbade honom. I så fall kommer han att komma tillbaka till dig med svansen mellan benen.

— Jag tror att han är otrogen. Han vill testa de gröna jaktmarkerna på andra sidan staketet, så att säga. En sådan man vill jag inte ha, Henrietta. Kan han inte vara trogen, kan han försvinna för gott. Jag vet att jag låter bitter, Henrietta, men hans svek är alltför stort. Och nu har jag min lille gullunge. Jag vill verkligen inte bli mamma för Stefan också. Nej tack!

Det sista sa hon med betoning. Henrietta kunde inte låta bli att skratta åt henne.

— Förlåt att jag skrattar, Mia, men det är av beundran. Du är så stark. Håll honom på halster! Han kan gott få våndas innan du låter honom komma på besök. Kanske kan det lära honom något. Jag tror att han trodde att du skulle ta emot honom, när det passade honom, med öppna armar. Där blev han blåst på konfettin. Dessutom håller jag med dig. Jag har alltid tyckt mycket om honom, tyckt att han var snäll, omtänksam och charmerande. Nu tycker jag inte längre det. En barnunge, är vad han är. Låt honom växa till sig och se vad det kan bli av det hela.

— Jag vågar inte släppa in honom i Henriks liv. Tänk om han börjar betrakta honom som sin far och han sedan blåser oss igen.

— Ja, risken för upprepning finns. En av mina kompisar råkade ut för detta. En kvinnan som klantade till sig. Först blåste hon mannen med hans bäste vän. Sedan ångrade hon sig och han tog tillbaka henne. Efter något år upprepade hon beteendet en andra gång. Och dessutom lyckades hon bli med barn med kompisen till honom. Nej tack, jag betackar mig för oärlighet. Visserligen är jag ingen moraltant och sätter mig sälla till doms över andra, men någon form av empati saknas, när någon gör så mot sin käresta.

— Det är så skönt att tala med dig, Henrietta. Du säger alltid vad du tänker men på ett ömsint sätt. Tack!

Mia kramade om Henrietta.

— Du har blivit min andra mor, sa Mia.

— Nej, det är dags för mig att dra mig hemåt, till min sovande man. Livet är tufft, Mia, och inte rättvist. Jag måste också lära mig hantera min sorg och mitt elände – precis som du. Vad säger du om att gå på julmarknaden på Sankt Gertrud på söndag?

De bestämde att det skulle bli mysigt. Henrietta tog på sig kappan och skorna, gav Mia en sista kram och rusade hemåt till sitt dystra liv.

Hilda Nilsson och Nils Poppe

Någon vecka senare kom Mia hem till Henrietta på middag. Anders steg upp och deltog vid middagsbordet. Henrietta hade lagat en god fiskrätt på torskrygg. Hon älskade fisk. Bordet var dukat med levande blommor och ljus.

Så snart de hade ätit och avslutat med en dessert gjord på glass, frusna bananer och choklad, gick maken tillbaka ner i sin ”grotta”, sovrummet på nedre plan, för att vila middag i mörkret. Henrietta satte på kaffe och Mia och hon slog sig ner med pepparkakor i vardagsrummet.

— Jag är lite orolig för Henrik. Han verkar emellanåt slö, sa Mia som hade tagit upp honom ur vagnen och matade honom.

— Har du varit hos läkaren och kollat hans värden?

— Ja, men de kan inte hitta något. Säger att det förmodligen är en influensa eller en kraftig förkylning på väg. Först tänkte jag på tänderna. Jag vet att du sagt att de då kan få feber och bli kinkiga. Men Henrik har varken feber eller är grinig.

— Du får hålla ögonen på honom. Jag vet att du är rädd att något ska hända. Har du hört något från din före detta make, Stefan?

Mia slog ner blicken och Henrietta såg att hon rodnade lite. Aha, där var således något på gång, tänkte hon. Henrietta fortsatte stirra på Mia tills hon insåg att hon var tvungen att svara.

— Ja, han har varit väldigt enträgen sista tiden, så i veckan bjöd jag honom på middag. Jag fick ett gigantiskt fång röda rosor av honom, viskade Mia fortfarande utan att se Henrietta i ögonen.

– Jaha, men det var väl trevligt. Hur var han? Ångerfull eller …?

– Nej, han var faktiskt riktigt fin. Ungefär som förr i tiden. Öppen och kärleksfull. Han ägnade sig en hel del åt Henrik också.

– Betyder det att du har förlåtit honom?

– Jag vet inte, Henrietta. Är fortfarande tveksam även om jag älskar honom. Min högsta önskan är givetvis att han ska komma tillbaka till mig. Men vågar jag …?

Frågan blev hängande. Henrietta hade inget svar. Till slut tog hon ändå till orda:

– Mia, det är bara du själv som kan överväga och besluta dig. Gör det som känns rätt men analysera noga. Inget förhastat beslut för att du vill och önskar utan tänk på din lille kille.

– Ja, Henrietta, det är det jag gör. Men … det var så dumt … jag kunde inte motstå honom … Så jag hamnade i säng med honom. Det borde jag inte ha gjort men kärleken slog klorna i mig och han bedyrade att han älskade mig.

– Ja du är en vuxen kvinna, Mia, och jag hoppas att du vet vad du gör. Jag stöttar givetvis ditt beslut. Men låt inte ensamheten leda beslutet.

Mia ville byta samtalsämne, förstod Henrietta. Detta var trots allt lite pinsamt.

– Jag har tänkt så mycket på Hilda Nilsson och de andra kriminella änglamakerskorna. Kan du inte berätta mer, Henrietta? Du är så päläst. Ibland har jag till och med drömt om att den här Hilda, försöker döda min Henrik. Det är fruktansvärt och jag vaknar sjöblöt efter mardrömmen. Ser framför mig hur hon lägger barnen framstupa i badbaljan och placerar tvättbrädan och kolspannen ovanpå.

— Usch ja, det var så makabert. Jag läste en rapport i vilken Centralförbundet för socialt arbete från förra sekelskiftet, beskriver ett besök i en änglamakerskas hem. Så här stod det i den ...

Henrietta hämtade ett kollegieblock som hon hade liggande i bokhyllan och läste innantill.

—*"Näppeligen undgick någon besökande att rysa vid åsynen av barnens avtärda, skrynkliga, kärringliknande ansikten, och den som tog mod till sig och slog upp bäddarnas så kallade täcken, möttes, ej av en avskyvärd lukt, ty den kunde ej lätt bli värre än den som var i hela rummet, utan av en förfärande syn. Där låg barnen i sina tunna grönaktigt missfärgade tarmuttömningar med flockor av ystad mjölk."*

Mia slog armarna omkring sig själv. Hon skakade.

— Vad betyder "flockor"?

— Det är mängder med flytande varor. I detta fall, mjölk.

— Det är svårt att förstå hur någon med beråtT mod kan göra så mot ett oskyldigt barn, sa Mia och tårarna formade mascaran till rännilar.

— Ja och kräket Hilda Nilsson drev ibland in pengar från mödrarna trots att hon redan dödat deras barn. Hon måste ha varit totalt avskärmad, kanske skadad i huvudet, på något sätt. Men hon höll hemmet rent, vilket en del mammor har uttalat sig om, enligt rapporterna. Några mammor ansträngde sig för att hålla kontakten med barnen. De skrev brev och frågade om sina telningar. En del ville hälsa på. Fasade sprack, som jag redan berättat om, när Blenda blev misstänksam.

— Vad hände sen?

— Hilda blev dömd till dråp 1917 och straffarbete i tio års tid. Domen hann aldrig verkställas för hon tog sitt liv i cellen.

Mia drog ett djupt andetag.

— Hur?

— Hon band fast lakanen i fönstergallret och hängde sig. När fångvaktarna öppnade dörren på morgonen låg hon död på golvet. Jag förstår fortfarande inte att ingen människa reagerade på den tjocka rök som steg till skyn på Bruksgatan i Helsingborg, när hon eldade upp barnliken. Det finns foton på hur den vällde ut men alla sa att hon tvättade – igen.

— Det är så ofattbart och jag kan verkligen inte ta in det, sa Mia gråtande.

— Det sägs att Hilda spökar och går igen i Landskrona tillsammans med spökena Brocken och Munken. När Hilda hade dött och andra fångar sattes i samma cell, skrek de och ville bort därifrån. Den första fången som sattes i cellen var en lösdriverska. Efter några timmar bankade hon på dörren och skrek att hon ville ut och att det kom blod ur bibeln. När hon pekade, såg vakten att detta stämde. Tre droppar blod rann ur bibeln som sedan föll i golvet. Detta upprepades flera gånger. Inte ens hundarna som de tog dit, ville gå in i cellen.

— Tror du på det, frågade Mia och tittade djupt in i Henriettas ögon.

— Ja, jag tror att energier från förr kan finnas kvar, sa Henrietta och svalde. Hilda hade mycket på sitt samvete. Men vet du, hon hade själv fått uppleva skammen av att bli med barn utanför äktenskapet. Som tonåring blev hon kär och gravid. Pappan till barnet försvann och hon stod där stirrig och med växande mage. Hon fick sparken från jobbet, fick besked om att knyta av sig förklädet och försvinna för gott. Gubben som beordrade henne detta, var fader till den som hade gjort henne med barn. Hilda försökte förklara men gubben blev ännu mer ilsken och röd i ansiktet. Sa att han inte kunde ha en sköka i affären. Efter födseln som skedde hos en kvinna, typ änglamakerska, dog barnet.

— Aha, där har vi kanske förklaringen till hennes inneboende monster, viskade Mia.

— Efter några år, hände samma sak igen. Hon blev åter gravid med en karl som lämnade henne. Då hittade hon ett hem där hon kunde bo till födelsen. Födde en flicka men blev utkastad från hemmet. Det var kallt och Hilda och bebisen blev sjuka. Flickan dog.

— Åh nej, två gånger ...?

— Då hamnade Hilda själv i den dåvarande reglerade prostitutionen i Helsingborg, Lund och Malmö. Hilda höll på med detta i fem år, fick syfilis och hamnade på sjukhus. Hon var då tjugosex år och hade fått varning för lösdriveri vilket var förbjudet till skillnad från prostitution.

— Tänk att hon ändå överlevde ... Ja, inte konstigt att hon blev tokig.

— När allt hopp kändes ute för henne, träffade hon Gustaf Nilsson, en respektabel och nykter man. De slog sig ihop och gifte sig, skaffade lägenhet och fosterbarn. Gustaf hade bra jobb vid brandkåren i Helsingborg men fick en ögonskada och var tvungen att välja ett annat jobb med sämre lön. Hilda startade då en matservering i hemmet dit män kunde komma och få lagad mat men rörelsen bar sig inte. Hon fann svaret i en annons i tidningen. Det första fosterbarnet som Hilda tog emot för att få in extra slantar, var en liten flicka. Maken var tveksam. Barnet hade kolik och skrek dygnet runt. Hilda kunde inte sova, inte äta och grannarna bankade i väggarna. När hon badade den lilla flickan, fick hon nog och dränkte barnet.

– Upptäckte inte hennes make det?

– Nej, när Hilda gick ner i husets gemensamma tvättstuga bar hon på en korg med tvätt. Under linnetygerna i korgen låg barnliket, insvept i ett tygstycke. Tvättstugans ugn blev till ett krematorium när Hilda la in den lilla barnkroppen i den dånande brasan. När elden hade brunnit ut var det bara aska och förkolnande benbitar kvar av den lilla skyddslösa flickan. Till maken och grannarna sa hon att flickan hade fått ett nytt hem hos fint folk på landet. Ingen ställde några frågor. Efter mordet rullade det på. Hilda blev slav under annonserna. Hon tog hand om en liten pojke som inte blev långlivad. Pengarna stoppade hon i fickan. En pappa skickade tio kronor som julklapp till sitt barn. Tian hamnade i Hildas börs för barnet var redan dött. När Hilda åkte fast, lämnade maken henne, avslutade Henrietta med en suck och tystnade.

Efter en stunds stillhet, frågade Henrietta om Mia ville ha mer kaffe.

Mia nickade. Henrietta serverade Mia som hade lagt Henrik i vagnen för den dagliga middagsluren.

– Henrietta, du lovade berätta om Nils Poppe.

— Ja, han var, som du sett på film, en riktig clown. Han var Sveriges Charlie Chaplin med halsbrytande dans- och akrobatikscener och en speciell mimik. Enligt ryktet var han alltid olycklig och kom inte över att han hade blivit bortlämnad och aldrig fick träffa sina riktiga föräldrar. Jag läste att han har berättat att ungarna på gården skrek ”oäkting” och ”horunge” till honom och det tisslades och tasslades vid mystiska besök i hemmet. Nils anade att det var hans mamma som kom på besök när han föstes in i kammaren och hörde de svaga rösterna genom den stängda dörren.

— Kom han direkt till fosterföräldrarna eller …?

— Nej, han hamnade först på ett barnhem. Fosterföräldrarna kunde inte få egna barn. När de kom till hemmet, krälade där av barn i olika åldrar. En av dem kom trampande fram till Anders och Amanda som fosterföräldrarna hette. Barnet var hjulbent och magen hängde som en stor boll. Han kunde säga ett enda ord. Ordet var ”öl” som han upprepade om och om igen. De betalade en engångssumma för barnet. Nils fick flytta med dem till Claesgatan i Malmö. Han fick rena kläder och riktig mat. Fosterfadern jobbade på Skånska cementgjuteriet. För att få extra inkomster, hyrde de ut ett av de två rummen till en frisersalong. Nils hjälpte ibland till på salongen, han var duktig i gymnastiken men en ensamvarg. Ofta satt han på taket och fantiserade om att hans riktiga föräldrar en dag skulle hämta honom i en gyllene vagn. Dessutom läste han mycket. Eftersom han var teaterintresserad, sparade han pengarna så att han kunde se storheter på Hipp i Malmö.

— Stackars lille ensamme kille …

— Vid ett tillfälle när han jobbade som springpojke stötte han till en trave med 78-varvare.

— Vad är det?

Henrietta skrattade. Mia var mycket yngre och hade säkert aldrig sett en 78-varvare.

– Det är stenkakor som spelades på trattgrammofoner förr i tiden. De åkte i golvet med ett öronbedövande brak. När han fick frågan om hur det gick till, tog han ännu en skiva och med glad min, släppte han den i golvet. Gästerna i affären jublade. Han förstod då att han var rolig och kanske kunde livnära sig på sina spex. När han var arton år började han uppträda med ett resande teatersällskap.

– Ja, och det gick ju bra, sa Mia drömmande.

– Men allt startade inte då. Han la teaterdrömmarna på hyllan och började läsa statskunskap på Svalövs folkhögskola. Varje år avslutades med en teaterpjäs. Då startade hans karriär. Rektorn ordnade ett jobb åt honom på Hipp. Därefter åkte han till London och lärde sig steppa. I teatersuccén ”Blåjackor” blev han dansstjärna tillsammans med Annalisa Ericson. Sedan spelade han ”Lorden i gränden”. Då ville hustrun, Inga Landgré, som han varit gift med i tio år, lämna honom.

– Fick han någon klarhet i vem som var hans biologiska föräldrar?

– Till slut fick han av adoptivföräldrarna veta vem hans riktige mor och far var. Han ringde upp sin biologiske far för att be honom bekosta studierna men fick besked om att han fick klara sig själv. Det visade sig att Nils hade en halvbror som var köpman i Helsingborg. När den biologiske fadern dog, fick Nils inte ta del av arvet. Sorgligt!

– Hur kan man göra något sådant? Han var ju aldrig bortadopterad.

— Så småningom gifte Nils om sig. Totalt fick han tre barn. Han tog över Fredriksdalsteatern och vid åttiofem år lämnade han över den till Eva Rydberg.

— Åh vilken tur att han blev den kändis han blev, sa Mia. Även om han alltid var olycklig för att han var en bortbyting.

— Ja, han bjöd verkligen på många skatt. Och vet du, Mia, det finns fler änglabarn.

— Tack för att du berättar, sa Mia och reste sig upp. Nu ska jag gå en liten promenad med mitt lilla gull. Du betyder mycket för mig, Henrietta.

— Tack detsamma, svarade Henrietta rörd över Mias ömhetsbetygelser.

Turturduvor på nytt

Mia hade nyligen träffat Stefan vilket hade slutat med att de båda hamnade i säng. Kärleken var inte slut. Åtminstone inte för Mia. Hon längtade efter Stefan, det måste hon erkänna.

Henrietta hade lovat passa Henrik när Mia skulle på dejt med Stefan. De hade beställt bord på en favoritrestaurang. Mia nynnade på deras kärlekssång medan hon gjorde sig i ordning. Det killade i magen av förväntan.

***

Stefan var tidig och satt vid restaurangbordet när Mia steg in genom dörren. Hon strålande mot Stefan som artigt drog ut stolen åt henne, precis som han hade gjort när de första gången träffades. Ögonen tindrade i kapp med glasen på bordet och de såg djupt in i varandras. Förrätten, en underbar gratinerad hummer, svaldes ner med en spröd Chablis. Maten intogs på ett nästan erotiskt sätt och känslorna sprakade mellan dem.

Varmrätten, en oxfilé, kom in och till den ett Amaronevin som de båda var förtjusta i. Stefan höjde glaset.

– Skål Mia! Du ska veta att jag älskar dig. Förlåt mig för allt ont jag tidigare har gjort dig.

Som ett crescendo blev de varse högljudda röster strax intill. Kärleksstämningen var bruten. Två killar for upp och började puckla på varandra. Glas och tallrikar for all världens väg med klirr och skärvor över hela golvet. Den ene muskelstinne mannen vrålade att kumpanen skulle ge fan i hans kvinna. Aha, ett tuppslagsmål, tänkte Mia samtidigt som hon rynkade ihop ansiktet. Här ville hon inte stanna. Hon tittade hjälplöst på Stefan som rusade upp och tog tag i hennes armbåge.

— Kom Mia, vi betalar på vägen ut. Låt oss genast komma härifrån. Jag vill inte bli inblandad i någon polisuttryckning och det här ser inte bra ut. Det slutar säkert med blod och elände.

Han ledde henne varsamt mot dörren och en kypare kom springande mot dem samtidigt som vakterna på stället nu omringade kombattanterna och höll de bångstyriga tjurarna ifrån varandra. Men skadorna var redan ett faktum. Flera gäster reste sig och ville gå. Stefan betalade vid bardisken medan Mia drog på sig kappan.

***

De lämnade restaurangbråket och strosade långsamt hemåt till lägenheten.

Vid kanalen stannade Stefan och kysste henne ömt. Han smekte hennes kinder och hår. Förlorade sig i ögonens djup än en gång och tryckte sin upphetsade kropp närmare hennes.

— Nu glömmer vi bråket, smälter maten som var gudagod och tar kaffet hemma i soffan, viskade Mia.

Stefan log.

— Vem kan tänka på kaffe? Ja, kanske senare ... Nu vill jag äta dig, Mia. Jag längtar efter dig. Känner du detsamma?

Mia nickade andlöst. Kärleken tog andan ur henne. Visst längtade hon efter Stefan men framför allt efter ömhet. Vågade hon lita på honom? Skulle hon satsa på dem igen? Nu hade hon lille Henrik att tänka på. Tänk om Stefan svek dem på nytt?

Tankarna fick upphetsningen att svalna. Men hon visade inget för Stefan. Hon skrattade och tog hans hand i natten.

Kärlekslågan brinner

Morgonsolen smekte kanten på persiennerna i sovrummet. Mia och Stefan låg i en oseriös hög av svettiga lakan och kuddar. Natten hade varit passionerad.

Sakta smög Mia upp på bara fötter trots kylan på golvet. Hon gläntade på persiennerna och tittade ut. Det var vackert men skrämmande i vyn som mötte henne, precis som i hennes eget liv just nu. Hon smög in på kontoret och skrev en dikt.

Jag skriver med ett stön
Ute virvlar snön
Henrik är hos Maskros-mön
Det måste vara feerna med spön
Som trollat bort mig kapitalt
Så här i kylan, det är halt
Inomhus är det svalt
Kärleken slog till igen – brutalt

Mia la ner pennan och log stort. Hon var lycklig men orolig. Ändå visste hon att hon måste ta vara på kärleken som spirade på nytt.

Hon vandrade ut i köket, bryggde kaffe vars doft lockade Stefan att vakna. Mia dukade bordet, tände ljus.

— Frukost älskling, ropade hon.

Stefan grymtade på väg ut i köket. Håret stod på ända. Han tog ett grabbtag om Mia som skar upp bröd vid diskbänken. Tryckte sin varma kropp mot hennes lite kalla och kysste henne i nacken.

Mia vände sig om och fångades in av hans stora labbar. Länge stod de så och Mia njöt av kramen. Hon förstod att han egentligen ville återvända till sängen men nu var det frukost som gällde.

— Jag måste hämta Henrik, sa hon. Har lovat.

— Kan det inte vänta?

— Nej, Henrietta har ett annat inbokat möte idag. Hon är tvungen att jobba. Hade en deadline att passa. Och tydligen var det en del kvar i redigeringsarbetet innan hon kan skicka i väg manuset. Sa att hon behövde tid för att banda och filma de nya avsnitten i kommande onlinekurs som beställaren väntar på. Du kan tro att hon är produktiv, Stefan. Hon skriver många blogginlägg med tips kring effektivitet som tidigare var hennes levebröd. Jag beundrar henne verkligen. Vet du hur många böcker hon har publicerat de senaste åren?

Stefan skakade på huvudet. Han satte sig vid bordet. Mia såg att han egentligen verkade vilja byta samtalsämne eftersom han inte var bekväm med tanken på Henrietta. Förmodligen tyckte han att hon hade fått för stor insyn i deras liv. Han sa inget men Mia visste innerst inne att det var så.

Tomten, Henriettas katt

Om lille Henrik hade kunnat tala, hade Mia blivit livrädd. Han hade ont. Odefinierat ont i kroppen. Ibland visade han det genom att kinka. Idag var det en sådan gnälldag.

Henriettas röda katt, döpt till Tomten, märkte att pojken inte mådde bra, långt före alla andra. Tomten hoppade upp och la sig tätt intill Henrik. Han valde att ha alla klorna indragna och hoppades att han fick ligga kvar och ge barnet värme och styrka. Ett svagt spinnande lugnade barnet som slutade pipa och sakta somnade om.

Tomtens vaksamhet var på helspänn. Han hörde hur Henrietta kom in i rummet och förstod att han var upptäckt. Men Henrietta sjasade inte bort honom. Belåtet låg han kvar. Sträckte ut hela sin lekamen för att liksom omfamna Henrik. Tomten förstod att Henrietta hade noterat beskyddet.

Ja du, Henrietta, tänkte Tomten, du förstår, men tyvärr vet du inte hur allvarligt det är. Det verkar som om jag är den ende i familjen som fattar. Den här grabben har ni fått till låns, den saken är klar.

Spinnandet ökade i styrka. Tomten knep ihop ögonen och öppnade dem sedan på vid gavel. Han hade luktat sig till eländet. Nu tittade han med bedjande ögon på Henrietta. Men han förstod att hon missförstod och kanske rentav trodde att han tiggde om att få ligga kvar. Han suckade tungt. Hur skulle han kunna förmedla allvaret?

Trots all visdom, gick det inte att kommunicera. Annars var Tomten bra på att dra koncentrationen till sig, det visste han.

Tomten hörde dörrklockans plingade. Henrietta reste sig, öppnade ytterdörren och Tomten hörde Mias och Henriettas lågmälda diskussioner. Mia hade kommit för att hämta sonen och han, Tomten, kunde inte göra något.

Ytterligare en djup suck steg ur halsen på Tomten. Han undrade om han skulle få chansen att värma Henrik någon mer gång.

Sjukdomen slår till

Mia klädde Henrik i de varma ytterkläderna, la honom i barnvagnen och rullade hemåt från Henriettas bostad. Hon noterade att Henrik var ovanligt orolig.

Väl hemma tog hon upp honom. Hennes tålige pojke var idag ovanligt gnällig, något som var ovanligt.

Stefan fanns på plats i lägenheten och hade fixat lite kvällsmat åt dem.

— Stefan, kan du hålla Henrik medan jag fixar mat åt honom. Han verkar lite varm, tycker jag.

Stefan var inte bekväm i rollen, såg Mia, men han protesterade inte utan tog Henrik i famnen. Henrik ålade sig och ville inte vara där. Pinsamheten blev tydlig för den båda. Men Stefan gjorde sitt bästa för att jollra bort några minuter med grabben.

Mia värmde en burk barnmat, la upp innehållet på en tallrik och satte fram en mugg med vatten. Henrik som nu blivit åtta månader, hade börjat äta barnmat.

Precis när Mia skulle lyfta honom ur Stefans famn, kräktes han. Det kom som en kaskad och stänkte ner Stefan från topp till tå. Mia rusade in med Henrik i badrummet och satte honom i badbaljan där hon tvättade av honom. Under tiden hörde hon hur Stefan också började ulka. Han klarade bevisligen inte detta, äckelmagad som han var.

När Mia tittade på Henrik som låg på skötbordet insvept i en handduk, nu ren och fin igen, såg hon att han skelade med ögonen. Detta var helt nytt och Mia blev rädd.

— Vi måste köra in till barnsjukhuset, Stefan.

Stefan grymtade. Mia förstod att han hade haft andra planer för kvällen men han ställde upp för henne och barnet.

De klädde på sig och tog Henrik i barnvagnsinsatsen.

Eftersom han kräkts blev de omgående anvisade till ett enskilt rum där de väntade på läkaren.

– Hej jag heter Peter, sa läkaren och tog i hand. Låt mig titta på honom.

Mia förklarade läget. Läkaren undersökte och tog några blodprov på Henrik.

Blodproverna var inte bra och han skakade på huvudet när han återkom.

– Något är fel. Vi måste göra större undersökningar, Mia, sa läkaren bekymrat. Kräktes han mycket i natt?

– Ja och det var inte vanliga kräkningar. Han kaskadkräktes. Och jag tycker att han skelar med ögonen.

– Har han inte gjort så tidigare, frågade läkaren.

– Nej, aldrig.

– Kanske är det bara en kraftig influensa eller tänder, sa läkaren, men för säkerhets skull behöver vi röntga honom. Har han sovit mycket sista tiden?

– Ja, nu när jag tänker efter, tror jag att det har varit mer än vanligt.

– Jag skriver en remiss till datortomografi och hoppas på förtur för lille Henrik.

Mia noterade att Henrik inte längre skelade. Märkligt!

Mia tackade och tog farväl. Oron grep hårda tag i henne. Det var som om hennes innandöme slets itu när de körde hemåt.

***

Henrik var trött och somnade. Mia och Stefan bänkade sig i soffan framför teven och tittade på en film efter att ha ätit en hastigt hopslagen middag.

Väl i sängen blev det inte mer älskande. Mia var orolig och kunde inte koncentrera sig. Hon såg att Stefan blev besviken.

***

Dagen efter ville Henrik inte vara uppe alls. Han sov hela dagen och kändes varm. Barnet var inte likt sig.

Stefan beslöt att åka hem till sin egen lägenhet, till Mias stora besvikelse. Men hon sa inget. Hon hade fullt upp med oron för Henrik.

— Kan du släppa av oss vid sjukhuset? Jag tar en taxi hem. Är så orolig.

— Ja det är inga problem. Men om du vill kan du ringa mig, så hämtar jag er när ni är klara.

Alltid ett framsteg, tänkte Mia men sa inget. Hon nickade tacksamt.

Åter på sjukhuset fick hon helt andra besked än dagen innan.

Mardrömmen

— Jag är ledsen, sa läkaren, några timmar senare. Det verkar som om Henrik har en tumör på hjärnan. Vi måste akutoperera honom. Tumören trycker på ädla delar.

Det blev omedelbar operation med dränage för att få ut vätskan som hade samlats i hans lilla huvud.

Under chock betraktade Mia hur de satte slangar på hennes lille älskling, för att få ut all vätska som bildats. Hon fick följa med in i operationssalen iklädd gröna kläder och munskydd.

Mia var rädd och kräkfärdig. Slangar överallt på hennes lille gullunge.

***

Operationen lyckades och Mia och Henrik vilade upp sig på sjukhuset. Mia ringde chockad till både Stefan och Henrietta för att berätta.

— Vi har fått ut all hjärnvätska, förklarade läkaren, men vill att ni kommer på ständiga besök. Operationen lyckades men vi vet inte riktigt vad som händer.

***

Under cirka två månader for Mia in med Henrik till sjukhuset i tid och otid. Hon var sjukskriven och helt slut. Ibland följde Stefan med henne, andra gånger ställde Henrietta upp. Mia var tacksam för deras stöd.

Efter ett tag konstaterades att hans tumör var elakartad.

Mias värld rasade. Läkaren förklarade att han troligen skulle bli bra men att det skulle ta lång tid, minst ett år.

— Så han blir frisk?

Mia hulkade fram frågan.

— Oddsen ser inte bra ut, men vi ska göra vårt bästa, tröstade läkaren. Han måste få cellgifter och vi har tänkt låta honom gå igenom en stamcellstransplantation. Det är en tuff behandling och hans immunförsvar drabbas. Därför måste jag isolera er här på sjukhuset under några månader. Ni får inte gå ut och helst inte ta emot besök. Infektionsrisken är enorm.

Mia fick tillåtelse att ta emot Stefan och Henrietta på besök. Det var undantagen. Hon bröt ihop fullständigt.

***

När de äntligen blev utskrivna från sjukhuset, orkade Mia inte sköta hemmet, träffa Stefan eller något annat. Enda fokus var på lille Henrik.

Stefan förstod att han måste ta ansvar och försäkrade henne att han kunde vara både ett stöd och en hjälp om hon bara lät honom flytta hem igen.

Mia orkade inte ens argumentera. Nickade bara med tårarna rinnande.

— Jag lever i ett fängelse. Vill du dela cell med mig, så var så god, viskade hon. Men begär eller kräv inget av mig. Jag orkar inte.

***

Stefan flyttade temporärt tillbaka och tog över visst ansvar för att underlätta för Mia.

Henrik, som hade börjat få ljusa, vackra lockar på huvudet, tappade allt håret. Han blev blekare och magrare för varje dag som gick.

Mia och Stefan satt ofta vid hans säng och Mia var ständigt med honom på sjukhuset.

***

En dag slutade han äta och de sondmatade honom på sjukhuset. Dessutom drabbades han av blodförgiftning, eller sepsis som läkarna sa. Varje bakslag, slog hårt på Mia. Även hon slutade nästan äta. Stefan matade henne och pysslade om henne, så mycket hon tillät honom.

Mias chocktillstånd ökade och hon upplevde att hon befann sig utanför och tittade in på sin son och behandlingarna, en slags distans till mardrömmen. Hon mådde extremt dåligt och orkade inte ta sig för något mer än att finnas där för Henrik.

I timmar kunde hon falla ihop och gråta tills ansiktet blev uppsvällt och ögonen som springor.

— Jag står utanför mig själv, Stefan, förklarade Mia. Det är som om jag själv har dött.

Floder av tårar, hjälpte föga. Även Stefan mådde illa när han insåg allvaret i situationen.

Henrietta försökte ställa upp för dem, de gånger de tillät detta. Hon led med dem.

Situationen var fruktansvärd men det fanns inget för Mia och Stefan att göra. Eländet gick inte att påverka. De grät, de önskade, de tröstade varandra, men farhågorna ökade för varje dygn som gick.

***

Mia var hålögd och blek. Hon mådde oftast illa och fick tvinga sig att äta för att orka.

— Jag har förmodligen fått magsår, viskade hon när ständiga tårar forsande över kinderna.

Henrik hade fyllt ett år. Något kalas hade de inte velat ha. Det fick komma senare.

Henrik hade slutat le och Mia, Stefan och Henrietta kände inte längre igen den lille. Dessutom verkade han inte känna igen sin mor.

***

Stefan följde med vid läkarbesöken. En dag bad läkaren dem att sitta ner, på hans rum. Hjärtat nästan stannade hos dem båda.

— Tyvärr har vi inte fått bort allt vid operationen, sa läkaren. Cancern har spridit sig till ryggraden. Vi kommer inte att kunna rädda Henrik. Han har inte långt kvar.

— Hur länge, frågade Mia med iskall röst.

— Några månader maximalt, svarade läkaren.

Mia och Stefan drog efter andan. Det var som om en tornado passerade läkarmottagningen.

***

Mia kunde inte ta in verkligheten. Hon hade fortfarande hopp. Men efter ytterligare någon månad förstod hon allvaret när läkarna förklarade att små tumörer fanns spridda i Henriks huvud och på hans lilla rygg.

— Vi kan inte göra mer, sa läkaren. Hans liv går inte att rädda. Det enda vi kan göra nu är att lindra hans symptom. Vill ni leva hemma med honom eller vara inlagda på hospis?

— Jag vill ha honom hemma hos mig, svarade en chockad Mia.

— Jag finns till hands för dig nu när vi enbart väntar på döden, sa Stefan.

***

Väntan var fruktansvärd. Henrik hade inte längre ett värdigt liv. Han var ständigt påkopplad med slangar för smärtlindring. Nu orkade han inte längre vifta med sina små armar.

Tiden som följde var ett vacuum. Väntan på döden för lille Henrik, var tyrannisk. Varken Stefan eller Mia orkade företa sig något. De köpte färdig mat och orkade knappt duscha och klä sig.

Henrik tappade funktion efter funktion. Han verkade inte längre känna igen föräldrarna, log aldrig och ögonen hade redan en hinna som förhindrade kontakten med yttervärlden. Läkarna hade skrivit ut mer smärtstillande.

Oftast fick han ligga mellan Stefan och Mia i dubbelsängen. De sov illa. Smekte Henrik dag och natt. Han började få kramper. Mia stortjöt, och Stefan var orolig för Mia men vågade inte säga något. Hon var lättretlig och visste om det.

Till slut kom den dagen då de beslöt att sluta ge honom näring genom sonden. Hans lille kropp orkade inte ta emot födan. Det var som om han redan hade lämnat dem. Men samtidigt fick han ett slags frid.

Mia undrade hur hon skulle klara denna enda utväg.

***

Lille Henrik var så dålig att hemsjukvården ständigt kom på besök och stöttade Mia och Stefan, ett par gånger varje dag.

Mitt i natten vaknade Mia av att det hade börjat blöda ur Henriks näsa och mun. Stefan ringde hemsjukvården som genast kom.

— Vad händer nu, undrade Mia.

De ryckte på axlarna och vickade på huvudet. Ingen visste säkert.

***

Mia, Stefan och lille Henrik gick åter och la sig. De höll varandras händer, alla tre.

Plötsligt kramade Henrik både Mias och Stefans händer, hårt. Därefter drog han en djup suck.

Mia och Stefan tittade på varandra.

Deras älskade barn, Henrik, var död.

Begravningen

En fullständigt osannolik händelse utspelade sig. Där framme stod en liten vit kista, omgiven av ballonger och en massa leksaker. Psalmen ”Tryggare kan ingen vara” spelades.

Mia som normalt älskade att sjunga, kunde inte få fram en ton. Det var som om strupen var igentäppt och halsen rostig. Tårarna, som hon hade trott var slut, rann i en strid ström nerför kinderna.

Aldrig hade hon kalkylerat med detta. Hon som begåvats med ett provrörsbarn efter alla år. Visserligen hade hon varit rädd eftersom hans gener hade ett fel, men när läkarna hade lugnat henne att allt var bra, hade hon trott på det.

Nu hade hon tappat fotfästet.

Stefan höll henne i handen, Henrietta satt intill och smekte henne på armen som för att lugna.

Mardrömmen var slut. Aldrig mer skulle hon få hålla sin älskade Henrik i famnen, hans ljuvliga armar om halsen och de våta pussar som ibland varit fyllda med matrester.

Hon hade gladeligen bytt sitt liv mot hans. Men det stod inte i hennes makt.

– Orkar du gå fram, viskade Stefan.

Mia nickade. Hon hade stoppat i sig lugnande piller och var lite hög.

Sakta reste hon sig upp. Sen tog hon sig för magen och vek sig framåt.

Stefan trodde att hon skulle svimma och höll henne ännu hårdare runt livet. Han tittade frågande på henne.

Mia vände på huvudet och tittade honom djupt i ögonen.

— Jag vet inte vad som hände, viskade Mia. Det var som om jag fick en spark i magen. Kanske en hälsning från Henrik. Precis så kändes det när han gav mig sparkar första gången under graviditeten.

Hon drog ett djupt andetag, intog styrkan uppifrån och stegade försiktigt fram över golvet tillsammans med Stefan mot den lilla kistan i podiet.

Där stod de länge, smekte kistan, blundade och lät tårarna rinna.

Mia undrade hur hon skulle orka leva vidare. Stefan hoppades få vara tillsammans med henne, men visste inte om hon skulle tillåta detta. Han var tacksam för att hon åtminstone inte hade gjort honom till syndabock för Henriks sjukdom.

Han smekte sakta hennes kalla hand som om han ville delge henne sin styrka.

Överraskningen och gåvan

Dagarna efter begravningen gick i ett dimmigt töcken. Mia var sjukskriven och trött. Orkade inte stiga upp om dagarna. Låg nerbäddad, kunde inte ens ta sig in i duschen. Stefan pysslade om henne men det var som om hon inte märkte att han var där.

Någon enstaka dag steg hon upp och åt, när han lagat middag som han trugade på henne.

Efter några veckor insåg båda att detta inte längre gick. Hon måste få vård. Dessutom klagade hon ofta på magont. Stefan bokade, med Henriettas hjälp, tid på vårdcentralen.

***

Han följde med Mia dit.

Läkaren undersökte Mia, pekade på stolen i läkarrummet och sa:

– Mia, sätt dig. Vi behöver tala.

Mia tittade frågande från läkaren till Stefan. Skulle hon få ännu en dödsdom?

Tystnaden la sig på mottagningen. Alla tittade på varandra. Läkaren tog fram journalen på datorn, läste allvarligt. Sedan spred sig ett stort leende över läkarens ansikte.

– Grattis Mia och Stefan! Du är i tolfte veckan, sa han och pekade på Mias mage.

Stefan och Mia tittade överraskat på varandra. De kunde ju inte få barn tillsammans. Det hade de hört många gånger tidigare.

— Ett kärleksbarn, viskade Mia och nya tårar rann nerför kinderna.

Stefan kramade henne. Mia klängde sig fast vid honom.

— Allt har varit en mardröm. Men kanske skänker Gud oss en ny baby som tröst. Jag kommer aldrig att glömma Henrik men jag önskar verkligen få hålla ett barn intill mitt bröst, igen.

— Jag älskar dig! Vill du gifta om dig med mig?

Mia torkade glädjetårarna och strålade mot Stefan. Klart hon ville. Hon böjde sig fram och kysste honom länge och väl. Denna gång var hon förvissad om att de skulle få sin efterlängtade familj. Hennes dröm skulle gå i uppfyllelse.